U0721559

青春　是
下着雨的
晴　　天

康育川
著

中国华侨出版社

自序

　　游弋在水里的一尾鱼，猝不及防地吞饵。少女看着海岸，黄昏落入海平面背后，折射出几缕光映衬故事，在海里映出光影，似是转瞬遇到旧时光。悄悄然把鱼捧入海里，未起波澜。

　　画笔搁置在弄堂少年发旧的背包里，几笔刻画出她似是回忆的神韵。

　　少年抬头瞧瞧天空，通透的蓝色似是要滴下来，落下一片树叶遮住眼睛，又猝然划过，空间没半点波动。

　　她在槐树旁侧眼看着他凝着眸子安静地待在对面，懵懂的记忆，诸多心事跳到这空间里，遮不住的娇羞，似是暴露了小秘密一般脸上一片绯红。

　　故事镌刻着青春青涩的温度，抹不了的时光端坐在黑夜对面，几颗星，一个月亮，几缕月光，未睡的他给她打电话说着心事，她携着恋爱中的温度说晚安。

青春或许是一种禁忌，它一定也是寂静后的欢喜。

无法直视，无法逃避，那就让我们潜入时光深处，安然以待。

多变的天空像是青春的各种姿态，有明媚，有忧伤，有悲伤，有雨过天晴。

见过一次天空布满阳光却下着雨的天气，以前见到会说"明媚的雨天"，现在见到会说"下着雨的晴天"。

"明媚的雨天"的基调依然是雨，明媚只是雨的点缀而已，形容词是前缀，名词才是实质。下着雨的晴天虽然显得忧伤，但是它代表的是明媚的基调。

关于青春的忧伤与明媚的态度，我20岁才找到自己真正想要的青春的模样，愿你的青春也是"下着雨的晴天"。

有些事你可以去试着遗忘，但是这些事终究会流淌在你的血液里，让自己对自己都没法原谅。待到释怀之后学会接纳，这些都会是温柔的力量。

每个少年都要先学会抗拒这个世界，再在抗拒中学会和这个世界和解——这似乎是一个浪费的过程，抗拒的意义在于让你学会怀疑，学会明白这个世界不是像童话中描述的那般美好，在抗拒中慢慢学会接纳，学会理解，和这个世界和解不是学会妥协，只是学会对时光温柔相待！

在抗拒的过程中我花费了很多的时间，从佯装抗拒到彻底厌恶，又从假装释怀到真的接纳，整个青春都包含在其中。抗拒的过程你会刺痛他人，接纳的过程你会刺痛自己，没关系，别怕，我们都会如此度过青春。

每一种颜色都代表着不一样的青春。

草坪上的阳光斑驳陆离，投在地面上画成一个个圈，我躺在上面看着天空，体会着天空浅蓝色的脉搏在时光里的跳动。

说起浅蓝色，就会记起一位温文尔雅满是故事的才子——纳兰性德。草色青媚，烛光黯影，他问她世间何字最显得悲伤。

朱唇微起："若。"不带一丝犹豫脱口而出。

"人生若只如初见。"他提笔写下这句诗流传千古的名句。或是想念，或是怀念，或只是念，其实怎会有人真真切切地体会到他的感情呢？只是把自己的心绪附之与臆想中的他罢了。

青春是现在，也是过往。青春是一种心态，无关妥协，无关单纯，也无关不谙世事的岁月，而是只是想想就觉得那段时光很美好。

梧桐落，又还秋色，又还寂寞。淡蓝色映衬的青春泛着忧郁的光，好似一场猝不及防的尘埃落定，又似沧海桑田的满目疮痍，抑或是情到深处，青春成为故事的另一种救赎。

淡蓝太过浅淡，即使抹去时光也瞧不出浮华来，故事稍加遮掩就显得格外忧伤。时隔多年，纳兰提笔写下了这首《浣溪沙》。

谁念西风独自凉，萧萧黄叶闭疏窗。沉思往事细思量。被酒莫惊春睡重，独书消得泼茶香。当时只道是寻常。

她懂他，很多年前就懂，那时还处于青春。他知道了她的可贵，想挽回，青春已是阑珊。

何事秋风悲画扇？秋天是时光的一柄匕首，划得故事支离破碎。记得开始，却忘记了告别。

宿命里隐含着故事的轨迹，浅蓝色的忧伤之后伴随着淡紫色的沉沦，使得青春愈加猝不及防。

公子多情，陌上花开。茜纱帐下几片叶落，划破青春的寂静。

从 14 岁到 20 岁的时光里，鲜有如说书人一般唱念做打多番姿态、忧伤、傲然，归于沉寂。故事镌刻着碎屑的心情，温暖而明媚，寂静却欢喜。

坐在窗前，看着窗子之外的天空，一笔一画地勾勒青春的模样，我潜入水底把玩着各种故事，有些故事需要珍藏，有些故事需要告别，一一归类，搁置在这本书里。

忧伤到极致，已无苍凉，万物复苏，有着明媚的美感。这个故事叫青春，也叫做成长。

嗯，20 岁了。

态度依稀可以辨别，棱角也还未完全磨平，故事依然余温未尽，未来一片安然静好。

20 岁，真好。

17 岁背对着阳光，看不到前方的一点点曙光，没有转身的力量，期待有人帮自己一把，却胆怯地不敢去求助，因为会担心别人嘲笑自己。20 岁的自己依然背对着阳光，似乎和 17 岁一样的迷茫，依然没有转身的力量，却自己学会攒足勇气蓄势待发，累了的时候弯下身摸摸地面，笑着对地面上自己的影子说："你好呀，好久不见。"

17 岁时把自己藏匿在影子里，20 岁时学会了自己缔造自己的世界。

17 岁看着自己的故事，觉得自己应该去表达，却在小心情里故步自封，找不到悲伤的出口只能继续待在悲伤里。20 岁看着镜子中的自己，有很多心情想要书写，不是想要证明自己在成长，只是想让你们感受得到些微接纳的力量。

初中时，每次成绩考差了，我都会想到周围的大山里隐姓埋名让别人找不到我，尤其是在那次我英语考了36分告诉爸妈我考了63分之后，虽然成绩总分没虚报，他们一眼只盯着英语，很开心地夸我成绩进步了。

谎言一定会被拆穿的。学校在期中考试之后要开家长会，我一直期待爸爸去的时候看成绩单时只看总分，却也知道这是不可能的。我和同学一起去深山里逛，逛了一下午之后他要回家，我不想回去。

"这山里有鬼魂的，晚上就会跑出来。"他一脸认真地说。

那座山是会宁的东山，有人去世了就葬在东山上，那时我比较胆小，灰溜溜地跟着他回家了。

路上很害怕回家后挨打，回到家后看到爸爸的脸色阴沉沉的，他坐在椅子上一言不说。我吃饭时一直低着头，吃完饭赶紧逃到了卧室。

幸好当时我那么胆小，不然警察叔叔就会到深山里来抓我了。

时隔多年之后回想起那时的担心害怕只是觉得很好笑，当初忐忑的心思早就丢在了时光里，何时丢掉的都不知道。

其实我们都一样，想要成长却抗拒疼痛。

我们妄同世界交谈，忽略了自己对自己的认知；我们满脑子想着如何与别人不一样，最终发现我们都一样地想着怎样与别人不一样。

无人分享心事，我们在窗子前站着，看着星空想想未来自己可能成为的模样；无人一起旅游，我们背上背包一个人去四处逛逛。看着这么大的世界，也不知道把自己投递到何处去。

从孤独中走过，让别人对自己失望过，也让自己对自己失望过，努力地想要证明自己，从想要证明自己不是你们眼中的那样，变成了想要证明我一定能变成自己期待的那个样子。努力地思索，累了之后我们会抬头看看天空，告诉自己天空很好，未来很好，世界很好，我应该努力地去走向明媚的未来。

在这个看不到阳光一个人伫立在街道上的年龄，满大街的人都看不见你，他们忙着自己的事情，你想要说声"你好"，却发觉没人理会。

你感觉整个空间只有你一个人，委屈或是遗憾都无人言说，只能在夜里看着黑黑的窗外，孤独感溢满了整个左心房。

等你熬过这段孤独的时光，你才能真正长大。

长大在别人眼里是一个形容词，在自己心里是一个动词。会刺得疼痛，也会显得美好，时光不会辜负你的信任，也唯有你自己才可以冷暖自知。

青春很长，恣意和小心翼翼都会埋藏在时光之中，在故事余温未尽时请你拥抱一下它，告诉这些故事你会善待它们。

你的身上一定也会有别人的烙印，幸福的烙印是帮助你认知美好，疼痛的烙印会帮助你尽快成长。

或许你还在经历迷茫，或许你已经在尝试着接纳，在这个过程里你所度过的岁月一定是有意义的，它在不远的将来一定会带给你料想不到的回报。

猜不透成长，猜不透故事的走向。我们可以学会接纳，温柔地面对时光的对错。

少年，别怕！

青春，珍重！

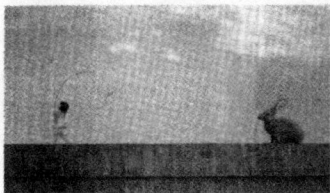

青春是
下着雨的晴天
目录
c o n t e n t s

青春是
下着雨的晴天

下着雨的晴天
青春是

Chapter 1　青春

::
::
::

　　城市的边框愈发的大，四合院子的槐树上几只麻雀在栖息，电线把天空割据成不同的空间，上映着不同的故事。每至周末总是被束缚在家里，我假寐，等爸妈都睡着之后畏手畏脚地溜了出去，和小伙伴去山里烤红薯，或是去河边捉小鱼玩。

　　那时时光显得格外温暖，有时上学后会和小伙伴去不远处的山上找一些很漂亮的石头，凿成心形或是小刀的样子向其他小伙伴炫耀，有时不喜上课，我会趁着老师去办公室时偷偷回家吃些好吃的，从学校围墙的一个洞口钻出去抄近路，用很短的时间再回到教室摆出一副乖乖学习的样子。

　　总归是要长大的。多年以后——这是一个无比空洞的词汇，却可以很轻易地让人乍然陷入旧时光里，多年以后我喜欢把床位调到朝着窗子的方位，早上起来睁开眼就可以看到窗外的阳光。下午时端一杯咖啡坐在床上，手边搁置着喜欢的几本书，看着阳光洒进窗子映在床单上，映衬着那些懵懂的辎重袅袅升起。我看着窗外，阳光洒在我的脸、鬓角、衣衫上，青春端坐在我对面，我拉住它的衣角，极力地挽留青春已被风化的前半段时光。

我想和它谈谈。

那年夏天，你还是懵懵懂懂的少年，背着书包去高中求学。你爸妈掏了四千多择校费才让你有机会进入高中，而那时的你对未知环境满是恐惧，远不如现在这般能抗压。幸运的是现在记起的都是高中生活的诸多美好，那些不好的小心情早就被遗忘了。

那年夏天，你遇见了那位穿米黄色衣服的姑娘，微风轻拂，湖面荡漾。在 6 月的尾巴里，你安然地享受着那种名叫幸福的感觉。你不抱怨，不懈怠，真好。

那年夏天，你依稀有着自己不成熟的态度和想法，你爸爸陪你来到大学校园时你却连问路都羞于开口，在你老爸略带嘲笑的眼光下，你终于鼓起勇气用不流利的普通话去和陌生人交流。那时的你已经从那座小县城走了出来，尝试着去认识这个世界，你真勇敢。

那年夏天，下了一场很大的雨，你去超市买了一把伞，从超市出来之后你笑了笑后发誓：嗯，从今天起我要好好照顾自己了。亲爱的少年，那时的你放下了叛逆，放下了那些小习惯，尝试着去接纳自己，你真的很优秀。

翻阅曾经的履历，不曾有一件特别值得夸耀的事情。而我曾经历的时光，无论是错过还是遇见，无论是精彩还是浅淡，它都叫做青春。

一

　　青春是一份履历表，上面只写着三个字：我来过。

　　所有的旅途都需要擦亮心灵的窗子，坐在窗前的我看着窗外的风景，其实最好用空气当做窗，显得最为干净，而且不用擦拭照顾。

　　美好的东西不一定是简单的，简单的青春必然美好，我喜欢它干净得一尘不染的模样。细细思量，在成长的道路里，纵使百般柔情与温暖倾覆，故事还是会显得疼痛。

　　十几岁时我对疼痛是极为抗拒的，在父母的宠溺下我一直天真地以为我应该在童话里生活。温暖不在之后，我与过去的自己决裂，发誓要自己变得无坚不摧。

　　"坚强"这个词在青春里会显得非常易碎，因为我们一直在佯装，却从未坚强。

　　每一份决断的背后都有着斩不断的藕断丝连，青春的雨、青春的阳光，都显得格外矫情。我放肆地看着自己的诸多软弱之处，甚至去蔑视偶尔同情心泛滥的自己。对，没错，是蔑视。

　　张狂，自负，诸多貌似强大的词语掩盖了我原本的自信，而真正到了秋天，葬了夏末佯装的薄凉，我感觉到了真正的无助。

　　无助和无知有着相同的躯壳，都源于不曾体验真正的生活，就像是我曾坐在咖啡馆里写了一篇关于对农民生活的记叙文一样，费尽心思，满篇矫情的文字包裹着我易碎的自尊心。

　　之所以易碎是因为我给强大这个词赋予了错误的定义。17岁的我以为强大是无坚不摧，19岁的我认为强大是适时的接纳。

刚进大学，我决定和以前的自己决裂。不曾看见以前的自己向我投注深邃而低沉的目光，盛大的青春落幕随之又重新拉开帷幕，而这种决裂似是把自己从三维空间挪到一维向量里一般，孤单抑或是懦弱都无可比拟。

未曾和女友分手，倒是先学会了和以前的自己分手。那是一段难熬的日子，我窝在宿舍和陌生人聊天，以此来麻木自己，或是提醒自己还活在生活中。

二

兰戴就是在这个情境中出现在我的生活里。

"神忘记了永恒，人忘记了现在。"在我 18 岁生日时她如此祝福我。

青春是故事，开始经过以及结局都有人垂询，熟知了云卷，洞悉了云舒，平淡的故事却无人问津。在故事里书写自己，接纳自己的平凡，把自己搁置在尘埃里，青春未曾逝去。

我始终是活在校园里的，这就是我的生活。校园生活单调如一却不尽相同，老师们告诉我们这个专业有待开发，在我们学校里这个专业首屈一指，似是尝试着让我们把为专业而努力描绘成对信仰的膜拜。

持着怀疑的态度我逐渐认可了这个专业的好，可是我没有学霸那种为了某个方向可以不懈努力的专注，专注是少数人的天赋，我没有这种与生俱来的魅力。大一时满脑都是些不靠谱的梦想，偶尔感觉自己太过虚幻。会窝在宿舍看几本闲书。

这种梦想的虚幻持续了很久，在我大二时，兰戴读高三，她陪伴我度过了大一和大二的青春。大三之后再未曾认真联系，偶尔在空间里看见她发心情顺手点个赞。

"昭告天下，今天是个伟大的日子！"她在空间里发心情。昭告天下这个词我经常用，其实自己的性格不曾如此张扬，只是陪伴我的他们当做我的天下。

天下。知薇知薇，当归当归。归何处呢？

当归，归往侥幸存在的青春里，已至6月，又有一场告别的酒要喝了，我还不曾毕业，却无可避免地告别。

"你和我一般骄傲！"高中时她这样说，我使劲地戳手机来回应陌生人的夸赞，努力地让她感觉到自己的心花怒放。后来，嬉笑怒骂少了任何一个步骤，都感觉似乎不曾真正相知。

已经相识，只能把相知托付给未知的缘。

和着夏天的荷尔蒙弥漫的暑热，提一瓶啤酒坐在草坪上聊聊过往，酒瓶轻轻一碰，夏天就醉了。

我还清醒。

清醒地看着天边的云被风缓缓吹动，看着蓝天明媚的蓝明媚得似是要掉下来，看着远方的女孩披肩发被风撩起，而我心中的姑娘在远方。

太过清醒，夏天就容易褶皱。顺着青春的折痕就这样折叠岁月，折成一个千纸鹤模样，放在信封里，投寄到远方去。

三

青春是一件洁白的薄纱，轻轻一扯，就碎了。

我潜到时光深处，追寻着我的信仰。

不敢轻言，而却不敢不言。"信仰两个字太过厚重，少年承载不起。"在我表达我的追求时他如此表达。

我们是少年，在相对无知时期待社会可以给予我们更多的宽容，当我们有能力时我们期待挑战一切陈腐。

青春真好。有人纵容，有人原谅，充满光明，摔不疼，梦想依然在。

可惜这只是我臆想中的青春，它和现实不尽相同。在还未强大时，你周围满是杂音，你没有很多的说话的权利，有人叫嚣，有人嘲讽，有人祝贺，有人漠视。

那又如何？我接纳我所经历的所有过去，我不反对你否认昨天的自己。

其实，很多事情与自己并无甚多关系。

有一句生活哲理如此表达：世界并不以你为中心，不要在意别人的眼光，你会活得轻松很多。

我想说：少年，你的世界以你为中心，你有权利屏蔽别人的眼光。若是你依然在意别人的眼光，只是因为你并未完全掌控你的世界。

青春真好，未来真好。

因为还有未来，所以我们可以去遐想。因为有可能，只是因为只要努力就有可能。

一年，两年，三年，十年，百年，人生不过三万天。

别人对你说：快点，不努力就迟了，你看，比你优秀的人都在努力。

我想劝诫你：慢点，亲爱的少年。你要学会放慢脚步，要学会放低自己。在这个抵御杂音的过程里不要把时间当做敌人，你需得先把它当做朋友，它才会和你安然相处，并投注给你你所期待的回报。

青春无效。我们一直在追寻青春的意义，青春本身是一份无效信，而你路过青春，恰好经历过一直在和你捉迷藏的年华，这本身就是一件很有意义的事情。

青春的意义在于别人在你身上留下了多少烙印，而在于你在别人故事中扮演怎样的角色，若是客串了很多配角，依然是一件很有意义的事情。

四

尽管成长了很多，可是我在我身上还是依稀可以找到当年你的影子。

高考前你立志数学考上 140 分以上，在高考考场上你看到最后三道大题一下愣住了，发呆了一小时后的你很开心地走出考场，只是因为瞄到考场里前后左右的几个同学最后的三道题都空着。初上大学时你立志学好高数，在《高数》下册的考试中挂科之后这个志向彻底折戟沉沙。

现在的我翻起高数书，一页一页认真地开始好好学习，立志用踏实的态度拾起当年的骄傲。

"你准备考研吗？"不止一位同学看到我大三了还看高数书时表达了他们的疑惑。

"不，我只是想再好好学学。"

你看，你一直这么骄傲，永远不会放弃属于自己的骄傲。

高中的你，写的作文偶尔会有外班的孩子来借阅，传到外班被其他未曾谋面的同学传阅，当时的你，偶尔也会思虑是不是应该去试试去向杂志社投稿，不过每次稿子都石沉大海杳无踪迹。初上大学时你偶尔记起，却忙着应付自己的心事，偶尔也去看几本书，晚上闲来无事会记录一些心情。

现在我也会偶尔翻起书，体会时光赐予我温暖的感觉，纵使得不到认可，却也养成了喜欢阅读的习惯。

感谢当年的你懂得坚持，这些零碎的坚持拼凑成了今天的我。

时隔几年之后我身上依然还有当年你的身影，有些模糊，却依然在。或许这就是青春吧！

除却你，我的身上还有无数个别人留下了烙印，伤口上有别人的故事，盔甲上有别人的心事，谢谢你们当年恰好路过我的青春。

恰好，真好。

Chapter 2　故事

有人说故事是说书人生活里的一瓢水，洒在地面上滋润泥土。

有人说青春是少年生活的常态，有时寂静，有时欢喜。

故事是青春的缩影，青春是故事的累积。我走在年华的胡同里，感受着沉寂的味道，一个个故事在笔下躺着，寂静又欢喜。

故事里的每一个场景都发生在青春的梦里，你端坐在时光的对面，我沉溺在你的影子里。

但行好事，莫问前程。

一

故事已故，重新拾起的意义在于很多故事我们只是勾勒了当年认真的开始，却还未谱写恣意的结局。

告别不算是结局，只能算作是另一个故事的开始。就像是叶落了，一年之后在树的那个部位又会长处新的树叶。

树也会老，年华也会流逝。有的人只见过一面就再也没见过，我们以为第一面只是初见，未料到却是永别。

千般姿态，万种缘分。

我小学时在一个小镇里度过，那是一个神奇的小镇。那时我从没走出过小镇，我以为那就是我的全部世界，学习成绩第一的我以为我聪明无人能及。虽然这样自信，却在上学的第一天就挨了一顿打。

我没读过幼儿园，刚读书就读一年级，第一天去上学觉得很惊奇，数学老师走进教室，让我们掏出自己的练习本算数学题。

我当时不知道什么叫做练习本，出门时只带了几本课本，甚至连笔都没带，数学老师一看到我连草稿本都没有就揍了我一顿。中午我一回家就哭了，至此对数学一点兴趣也没有。

二年级时，她被调到其他学校了，临走前她送了我一件礼物，特意嘱咐我回家再拆开看。我回家之后打开一看里面装了6本作业本。也许是她知道了我从未上幼儿园所以特意向我道歉，也许是她看我数学学得比较差给我的鼓励。

至此，觉得她没有想象中那么不好，也觉得数学没有那么可憎了。

初一时，我的数学又变得很差，老师每次考完试会对我说一句："很不错，继续努力。"

很温暖的一句话，我感受到了很强大的力量，在逐渐努力的过程中数学成为了我最喜欢的科目。

有的人说青春的叛逆来源于怀疑，其实在少年时代很多东西我们都没有权利去质问，质问和怀疑是两种不同的趋势，而爱比恨更有力量。

二

如果说告别不算是结局，那青春的意义又要归到何处？

有人离开时会说再见，有的人离开时悄无声息。告别是一种恣意的仪式，而青春却鲜有恣意的模样。

遇到她时，她 6 岁，一年级。她见证了我第一天上课就挨打的童年，也见证了我大学时刻的迷茫不安。不告而别是因为我以为还会遇见，没想到时间一过就是七年。

告别对有的故事来说是逗号，对有的故事而言是句号。

幼年时学校举办了普通话比赛，我和她一起参加了，我准备了一首很精致的小诗，在早读时拿出来练了很多遍，信心满满地去参加比赛。

她得了二等奖，我铩羽而归，那个中午我很是失落地回到了家，失落感的压迫下我对她连一句"恭喜"都没有说。

想来也许是我一直把故事归结于自己的心情，以至于所有的故事都只剩下了心情。

就像是五年级时离开家乡忘记和她说再见一样，没有再联系。回家后在家乡演社火的时候遇到她，周围人很多，她过来瞧了瞧我，我不知道怎样去抚慰，也不知道怎样去开始交流。她转身离开，眼角漫延着失落感，我的手在衣兜里揣着，手里捏着准备送她的礼物。

那件礼物我每次回家都会带上，只遇见过她那一次，却没有送给她。

在兰州这座城市里再遇到她，年华把青春搁置成灰色系，当年没有告别的离开，成全了如今的不期而遇。

更好的离开，更好的遇见。

想要说声你好，想要对她微微笑，却害怕显得过于客气，也害怕显得过于唐突。

就像是玻璃心想要去倾诉，身上却穿了一副无坚不摧的盔甲，害怕刺痛别人，害怕伤害自己。

生活没怎么变，变得是我们的心态，关于成长的态度与信条我们一直在重新定义，关于故事的意义我们一直在重塑，害怕太过尖锐，害怕太过平淡。

彷徨是故事的过程，镌刻着每一段已经度过的旅程。

三

禁忌是青春的标签。

关于早恋，关于打架，关于逃学，这些都在青春里时常出现。

度过这段岁月，我们终究会和青春的禁忌告别。

想要成长，就必须要学会放下，轻装上阵的青春才会显得清新且温暖。从雨天会到街上去淋雨，到看见雨天不会觉得那么伤感，我们都在不经意间摒弃青春。

这段懵懂的岁月，终究是要告别的吧！

初中时姐姐时常照顾我，因为我们同姓，而且她比我年长，所以她认我做弟弟。

在一场猝不及防的倾盆大雨里很多人都没来得及带伞，在外面只要 5 秒钟整个人就湿透了，我慢悠悠地在雨里走着。反正衣服都湿了，跑那么快干嘛？

很多人都没有我这种破罐子破摔的心态，他们都跑地特别快，回到教室，整个身上都在漏水，姐姐看到后，把她的外套脱了下来，让我穿上，告诉我小心着凉。

她对我有着各种各样无微不至的关怀，高中时写信给她，只写了短短几行她回复了我好多页，一直嘱咐让我好好照顾自己。

上大学之后我逐渐学会了照顾自己，因为身上逐渐有了照顾父母的责任感，我首先得要学会照顾自己。

我拉着旧时光和它告别，从任性到懂得照顾自己，这个过程就是成长，从时光的回溯中看到懵懂任性和无所畏惧，那段时光叫做青春。

恣意妄为的青春，已经存在在记忆里了吧！

四

有的故事里有她，她却不知道；有的故事里只有自己，我却以为还有别人。

高中时分班时遇见了一个姑娘，性格很安静，你想去和她玩闹，却不忍心去打扰。她从不向你投注任何目光，只会安静地埋头沉思。

她从不把思想公之于众，总是藏在一个人的空间里，我想要去了解她，却不知道以何种姿态去介入她的故事里。

偶尔聊天，去聊聊学习，她谦逊得让我不知道怎样去延展话题，千言万语都藏在了心里。埋藏得小心翼翼的，生怕她不小心察觉，在她面前说话也变得谨小慎微，怕暴露自己的小秘密。

故事这样发展下去其实挺好，你安然如意，简单明媚，我想着靠近，不曾有交集。

这应该算是暗恋吧！

想要明恋却发觉已被别人近水楼台，想要追寻却发觉依然天各一方。暗恋就像是把心事小心掩饰，若是感觉暴露了，先是开玩笑摆脱尴尬的气氛，稍到远处就落荒而逃。

这个故事关于暗恋，想起时记忆平淡，也只能用来感动自己。

五

有些故事只有开始，没有结局，你若是把它只看做故事，始终会觉得它不完整，而若是把它看做青春，你才会懂得珍惜。

大学时光已经过了三年，有的人变化很大，有的人依然如初见。

故事就像是溺在心事里的青春，带着些许魅惑，审视这段时间的自己，成长和变化都已经让自己感到极大的欣喜。

不曾历经世事，也不敢妄自说曾经历低谷，只是在心情忧郁时遇见了她。

相遇很偶然，是通过聊天软件认识的，我以为她是某个未联系的老同学。联系到她之后才知道她是和我就读同一个高中的校友。

恋爱也很偶然，我说："我们在一起吧。"

她说："好呀。"

然后我们就在一起了。

幸福会治愈伤口，陪伴会慰藉孤单，和她在一起的时光里很快乐。

她时常会过来看我，漫天雪花的冬季她站在楼底等我，冷得瑟瑟发抖。我看着她，拥抱了她一下，在心里悄悄告诉她："谢谢你。"

谢谢你陪我这么久。

夏天的光影略过教室黑板，窗外男男女女走在校园里，楼下有一片银杏林，每至秋天会特别漂亮，就像小诗中描写的：

银杏。铺就
这铜镜中的秋色
微魔，轻敛，风悄拽着衣衫
翩翩
循着空间的漏点
你的眼睛，水晶嵌蓝
微凉的小情绪

轻踩，婚纱别致的微妙
它唤着你前世的记忆
对视，轻抚，以至沉寂
素笔淡描
落款处，不知
署谁的姓名
摹怎样的故事

熏香
浸染沉在画布里的湖泊

屋子里画着圈

相见欢？

有你的云端，一叠一叠的童话

云彩刻画叶的脉络

如此，这般

黑暗的水底水草交缠

在视线外漫溯

湖畔

斗笠。渔人

静坐着捕获鱼儿

可知？时光也在捕获着他的青春

这般，阑珊

Chapter 3　南方

　　飘摇的南方如烟尘绝迹，碎碎的蓝色格调衣衫上布满了零散的雨滴。

　　我感觉到卑微的雨滴也有着她的灵魂，她表达的思想藏在眼泪不曾到达的地方。

　　烟雨罩着星空散落在青石街，深深的巷子里听到雨打在地上散播的音符。草木贲华，在夏天的寂寞里她宛如星辰从江南走过，路过青春时她悄悄地藏起搁置在衣衫里的寂寞。

　　撑着一把伞，淋漓剔透的季节显得时光如初，听着雨敲打瓦砾的声音心跳缓缓趋于平静。路上没有行人，花依然在开，雨悄然在落。

　　南方。只曾听说，未曾去过。

一

　　她在南方，在精致得雨如烟的城市里。

"为什么雨中有一股泥土的味道？"

"因为雨的归属是泥土，不是天空，"17 岁的她说话已然比我成熟太多，"我们就像雨滴一般，要活在自己的归属里，适时地放低自己。"

17 岁的她已经懂得了放低自己，17 岁的我在使劲地拔高自己。我向往的不是泥土，是天空。

我忽略了我们活在地面之上、苍穹之下。天地人的定位前贤已经刻画得无比清晰，却从未有人教过我该如何选择。

追求影子的人永远活在阳光的背面，追求阳光的人永远不会看见影子中的自己，这其中拿捏手法的平衡度我们难以把握，于是我们各自去追寻自己眼中的真理。

我和她一直秉持在每一个属于自己的年龄做这个年龄该干的事情的信条。我们都不喜超越这个年龄的沉稳，也不喜低于这个年龄的幼稚。在该学习的时间拼命学，想玩的时间使劲玩。

把生活归于学习和玩耍是一件显得生活很单调的事情，假期偶尔遇见她时一起去咖啡馆，我喜欢摩卡咖啡，和着世俗的纷杂，保持着头脑的清醒。你喜欢要一杯茶，看着茶叶的浮尘似乎可以觉得洞察这个世界。

嗯。我们开始打破青春的规则，去认知这个世界，用这个世界的规则与赐予的自由努力地武装自己，来挑战传统的规则。

"冷头脑，热心肠"，在超级演说家里听到这句话觉得打心底里欢喜。我一直这样标榜自己，你一直这么要求你。

南方下雨了。

在这个雨季你应该还会想起我们当年的信誓旦旦的言语，不苟言笑的故事没有太多的事儿值得留恋，我突然想起你，也记不清诸多细节来。

听得到的雨的声音嘀嘀嗒嗒印在眼里，听不到的美不胜收的故事镌刻在心里。宋人思念时锦书相寄，我思念你的时候拿着手机，看着你的号码想念你，却从不轻易打扰你。

此去经年，我们都长大了。

成绩中游，性格内向，有想法却从不表达，玩闹时不苟言笑。这样沉默寡言的少年会有人评价忧郁，会有人评价装深沉，也有人评价其为书呆子，而你路过我安静的青春，恰巧也是以同样安静的姿态，不曾慰藉。

二

"令她反感的，远不是世界的丑陋，而是世界所带的漂亮的面具。"

米兰·昆德拉的这句名言一直印在我颇为喜欢的几本书的扉页。其实每次听到这种态度分明的言语，我脑海里总会拐好几个弯想到你，会想起你看书时用思考的姿态，会记起你偶尔冒出类似的花语。

生活的故事触及不得半点悲伤，尤其是对你我这种有着轻微完美倾向的少年。或许我们会容纳它的脏，可是我们容不得它的假。

不过还好，我在骗自己之前总会用到"不过还好"这四个字来向别人表达自己的乐观心态。不过还好，我学会了接纳，你学会了沉默，我们都有了自己面对生活的方式。

不过还好，嗯，真的很好，我们会逐渐领导这个世界。

我们习惯睡在假意的光明里，我们逐渐活在真实的黑夜中。每次黑夜，尝试着和自己对话，似乎全世界都睡着了，只有我还醒着。

凌晨两点给你打电话，你也未睡。细腻的音调带着些许疲倦，窗外的月光还亮着，新建的几座楼罗布着星星点点的灯光，暗黄色的色调在黑夜里显得很亮眼。

想起在 6 月的季节，我走在曾待了三年的校园里，还是旧时的班牌，放假期间教室里面空无一人。看着熟悉的课桌，熟悉的讲台，总觉得眼前似乎有一个人在那空间里晃悠，逐渐映入我的眼眸。在这荒芜的校园里，走在曾经在里面恣意欢笑的花园，看着不知名的花儿放肆地开，恍然间似乎自己和旧时光重逢。

我必然是在发了疯一般地想念在南方的你，才会在不自知中想起你。

从未去过江南，看着你给我拍的南方的照片，水调清浅，你应是极喜欢的吧！

我想去南方，因为你在那里。

三

瞬间。这个词应该是把时间建模成函数，在其某一点取极限。

这样想，便显得词语简单多了。我想去怀念这些一点一点的瞬间，忽而发觉自己不知道那些期待的瞬间处在时间的哪个点。

数学用来计算生活大抵找不到多少收获，地理却显得很实用，经纬度标识得让人洞若观火。比如：我在这里，你在那里。

我在北国，你在南方。

一弯明月洒在玻璃上，用皎洁稀释玻璃的薄凉，它们都泛着纯纯的光，让人忘记了凉意，轻轻触摸，几缕凉意沁在心田里。窗外的花应该开了好久了，6月了。

6月的味道像极了夏天。连绵的雨，温暖的光，透着时光的多重面具审视每一个属于它的月份，我们处在这季节里，接触、猜疑，却始终猜不透它的心思。

她是另一个夏天，熟稔、思念，却始终如两道平行线一般。我们在这适宜的距离里不曾慰藉，却熟知了这么多年。我们从不会主动靠近，因此不会被对方拒绝。我们很少互相联系，却从自己的生活状况里可以猜想出如今的你是否如意，因为你的心态像极了我，我的生活模式也像极了你。

南方，隔岸的南方，我喜欢南这个方向。

Chapter 4 　我们都一样孤独

我从小就反感"群体"这个词语，实质上是因为它伴随着各种标签。

上学时，好学生是一个群体，差学生是一个群体，我一直认为我和他们不一样，随即用乖学生的标签来掩饰，而实际上我是乖学生，只是表面乖巧内心叛逆罢了。

我一直认为我和他们不一样。

小时候在农村长大，初中之后在城市生活，我看不惯城市同学显摆的优越感，也不喜欢农村出来的同学流露的自卑情绪。

给自己贴上理性的标签，附加上对感性思维的摒弃，让自己用审视的态度去追寻自己的方向。

在大学里尤为讨厌起"群体"来，高中时大家还有相同的方向，可以去使劲地一起努力一起追寻目标，在大学，大家的目标不尽相同，合在一起俨然一群乌合之众。

理性支配着我去思考，而感性支配我去体验，在体验的过程里我逐渐意识到了群体的魅力之处。

孤独的时光是你自己一个人时，看不到周围的善意与存在，只能一个人待在自己的世界里去思考、去探寻。合群的时光是你和一群人，你可以让自己变得有血有肉，肆意多娇，你会逐渐认知自己将要成为怎样的人。

一

初中时身旁总是孤零零的，一个人去操场，一个人回家。

心情变换过很多次，我一直在想为什么自己没有朋友，也许是因为总是在 T 恤上套一件灰色的马甲太土气，也许是因为带着个黑框眼镜让别人以为我只会认真学习。

只能通过写小说刷存在感，写完之后全班传阅，记得好像写过一本武侠小说，厚厚的有很多页，在老师布置小说作文时我写了一篇十几页的爱情小说，情节到现在都记起。同学们拿着我写的小说阅读完之后会走到我身边说你写得真好，朋友却一个也没增加。

初中时很多人都谈论那个学校有一个位同学很帅，我对这些丝毫不感兴趣，手里拿着笔看着窗外发呆，外面有一棵很大的柳树，枝叶茂密，遮挡了我看天空的视线，我拿着铅笔在数学作业本上画着树叶的样子。

高中的时候情形逐渐好了起来，在半梦半醒之间会有同学戳我一下，告诉我老师进来了，随即我拿起一本书装作很认真的样子。上课时我总是犯迷糊，同桌前一秒和我说他的耳机有两米多长，后一秒就被班主任抓住折叠了他两米多长的耳机摔向他的脖子，迷糊的我连班主任啥时候在我身后都不知道。

上学时同学们都很认真地听讲，我一个人盯着看不懂的化学符号发呆，看着他们认真的模样只觉得就自己一个人听不懂课，那时瞬间就有了孤独感。

青春的路上，莫名地就丢掉了很多人，察觉时发觉已经太迟了，想去挽回却陷在自己的生活里忙着自己要做的事情，时光越走越远，我们越走越远。

坐着火车无聊的时候只能拿起书强迫自己打起精神去看，假装很多人都陪在自己身边，也许下一秒里就会下雨，连自己是否带伞都不知道。

以前以为看着天空由晴变暗自己会悲伤，现在每天都在自习室里，灯火通明外面下着雨都不会觉得有一丝一毫的忧郁，看着还有厚厚得还未翻的一叠书，没时间去理会外边的天气。

我们都曾一样地孤独过，也许在那个身边没人陪伴的瞬间，也许在那个下雨天没拿伞的瞬间，也许在打电话没人接听的瞬间，但是时间是一服良药，无论这孤独感给了你多大的内伤，时间总会治愈它的。

二

无数个小小的经历让你的性格变得和别人不一样，这些经历都是你独有的，别人都不曾拥有。无论你是否抵触，或是还没完全接纳，你身上总会有这些经历赋予你的东西。

小时候我爸爸每次在我上学时问我去干嘛，我说我去读书。在他长时间的影响下我对读书有了认同感，似乎它是一件早已融入我血液的物件。

时过境迁，很多经历都沉在时光里，埋藏在岁月里逐渐发酵，越发膨胀，保持着孤独时安静的思考，灵魂也会逐渐安定，在合群时恣意玩闹，灵魂才会完善地更加美好。

我们都在一样的年纪里同时想着得到别人的认同，逐渐会丢失自己对自己的看法与认可，其实关于证明自己，向自己证明自己就好。

看着百花争艳，有人像是牡丹，有人像是兰花，有人像是君子兰，而你我觉得自己像陪衬鲜花的叶子。有的人适合孤立，有的人适合追随，有的人适合放弃，我们究其青春都在寻找这些评判的方式，青春才逐渐显得清澈见底。

你说我们在故事里都能看到自己，代入自己的悲伤与欣喜，梦里梦外都是一种经历。像是多年前那个午后，你端起咖啡，告诉我咖啡厅外刚走过去一个熟人，你要出去见见他，随即让我一个人等你到黑夜。

你说我们在故事里都展现着不一样的自己，不真实，偶尔矫作。我告诉你是因为你不真实且显得矫情才会觉得故事里的人矫情，随即起身走出咖啡厅，把你晾在了咖啡厅里。

时光会治愈伤痛，也会赐予你因果，有的故事安然以待，有的故事不要放手，安然是因为执意追随双方都会觉得疼，不要放手是因为一旦放开，此去经年再无机会。

如何对故事和人分门别类是一门很高深的学问，我数学归纳法学过三年了，每次尝试使用时却找不到 N 等于 1 在什么地方，后来才懂得归纳法和分门别类，背道而行。

18 岁我在孤独里自我接纳，保持自己独立的思考，偶尔想回忆一下自己思考时深邃的眼神，却发觉自己不曾见过自己思考时的模样。

孤独真是一件让人懊恼的事情，时刻迷茫，偶尔欣喜。

Chapter 5 她说告白，我说你猜

有一天，我们在宿命的脉络里已然发现结局是支离破碎的模样，尽管如此曾珍视的依然值得我们继续认真对待。斑驳陆离的四季，镂刻着我想说的"对不起"，携带着他们说的"好可惜"，幸好故事还在，青春也还没完全消逝，我在这碎碎念里静看着这细致的青春，轻抚它的轮廓与它告别。

给她发完晚安，关掉手机，随即静静地享受一个人独处的夜晚。

书架上有一本厚厚的情书，她说好多句子都是抄的，所以无须珍视。

她送我情书的那年我大学二年级的时光已然挥霍得所剩无几，那天我刚刚过完 19 岁生日。6 月是这座城的雨季，我没钱带她去高档有情调的咖啡店，只是找了一个小小的冷饮店里躲雨，听着淡淡飘来的音乐，点了两杯摩卡咖啡。她坐在我面前一米处的椅子上，我低头一

页页翻着她写的情书，翻完，她娇笑："回复一下我深情的告白呗。"

我思考了一下，脑海里快速总结了一下这封情书的内容：她爱我，她担心我会离开。端起咖啡，尝了一口，有点凉。

"你猜，我会不会觉得你深情。"

19 岁的我不相信爱情可以天长地久，我不相信她会可以承担我的孤单与悲伤，我不相信我会爱她。

我给自己和别人之间划了一道明确的分界线，左边是自己，右边是别人，标识符标得泾渭分明。19 岁，我还未审视自己，便抱着敌对的心态开始审视这个世界。

那年，我们班的集体成绩特别差，班主任挨个找同学谈话。有一次我宿舍的兄弟告诉我班主任跟他说好多同学羡慕我，我默默地在心里偷偷偷乐了好久之后突然发现了一个很重要的问题：他们羡慕我什么？

学习成绩？全班倒数第三。家世？父母不出名，我的吃穿和别人一样。长相？貌似不是很帅。

我追问了自己很多个答案，终于承认了一个现实：19 岁的我一无是处，至少我认为别人对我的评价是一无是处。

那年，我有些自卑，她性格很活泼。在和我一起的时光里，她开始变得有些小心翼翼。小心翼翼地来找我，我在很努力地读书来丰富自己的实力用来满足自己对未来的野心；小心翼翼地给我打电话，因为我去自习室没有带手机的习惯，一直按照心情行动的我从来不会按照某个固定的时间去上自习；小心翼翼地晒她的学习成绩，因为我的成绩考得乱七八糟。

她那么小心，所以我没那么爱她。

我得出了这个结论时，我没找到逻辑在哪里，少年固有的心态告诉我这就是逻辑，因为句子里有"因为"和"所以"。

若是如今，我会这样说：因为她爱得累，所以我不舍得她那么爱我。

这个逻辑依然不忍直视。一样的结果，只是给过程披上了一件外套，就变得在爱情中没那么内疚。也许正是如此，所以爱情那么脆弱。

初见她在盛夏，5月的阳光印得兰州这座城发白，虽然我在这座城市生活了快一年，可是在去交通大学的路上还是迷路了，打开手机里的地图软件东南西北我根本看不懂，初中地理总是考15分的我即使懂了也和上下左右对不上号。一路颠簸之后遇见了她。

再一次见她时我们一起去打桌球，她基本不会玩桌球，我操控着白球的滚动轨迹控制全场，一杆瞄准终结，放下杆子，短暂的喜悦漫延整个心脏，随即便孤独起来。

18岁生日，6月未央天气暖暖，我坐在八楼空旷的阳台上听着音乐，晚上她电话打过来唱了一曲《不分手的恋爱》。冬天她会来到我们学校来看我，40分钟的车程，下车后冷冷的空气漫延到心脏，我不知道她的心是不是也会觉得冷。19岁生日时我给她写了一首《雨季》，本来是准备去学谱曲谱成歌的，一直拖到现在这封信笺还在笔记本里夹着。

吉他的水晶蓝，印着碎碎的米店

记不清是哪天

记不起带把伞

日记说那天是雨天

六月的雨铺张成流年，看不见星星在天空乱闪
记不清你的眼
记不起说再见
遗忘变成你一个人的时间

轻点一支烟，雨伞罩着烟圈
记不清那米店，玻璃淌着雨的曲线
一点一点
跌在地上摔成一个圆
嘀嗒，嘀嗒
我坐在你面前
你坐在我对面

心情谱成音律流苏拉作琴弦
我只想拉住流年看看夏天不小心的擦肩
说一声青春晚安
……

　　每个少年都自编自导自演了一场戏，可惜不是每个人都会成为戏里的主角。但是只要存在过，就算是当演员也是年华赐予青春的幸福。
　　昨晚看到她发的微博：我想，你必是需要一个志同道合的人。这

样一个平庸的我怎么配得上那样一个野心勃勃的你。

我不知道应该想出什么词汇构成怎样的句子来应对，退出微博，关了手机，放到桌边。

如果解释是证明你眼里的我不是你想象中的样子，那么对我而言是在浪费时间，爱情也好，友情也罢，牵扯到解释，就意味着我们的心跳不在同一个频率上，解释也会变得毫无必要。

一场不知所措的心情，就像是你付出青春年华来试探我爱你或是不爱你一样。你有着离开时间会治疗的心情，我有着离开你在很多年之后偶尔想起你却不会去联系的自信，抱歉的是在一起这么多年，我依然还没有学会以怎样的姿态去爱你。

一

米黄色的衣服，带点波浪的卷曲长发，笑得肆意而不失温婉，她就这样映在我的视线里。

听说她高中被好多人追过，每个追她的男孩都折戟沉沙。高中时我的一个兄弟也去追她，不知道送她什么礼物才可以打动她。我们在一旁怂恿："送奶瓶吧，既能体现出你想照顾她的心情，又能展现出你优雅的气质。"高中时女生的心情敏感而细腻，可想而知她收到奶瓶时你的心情有多么不爽。他送她情书时找的别人，我在一旁幸灾乐祸地围观，在教室门口喊她时，她们班的一群女生走了出来，她在后面羞答答地藏着，送情书的男孩窘迫得不知所措，我在一旁笑不可支。

我们的大学坐落在同一座城市，得知她号码的那天我正好要去她们学校找同学去玩，于是我以给她拍张照发给高中追过她的兄弟的小心思把她约了出来。见到她之后照片没拍到，反倒把我少年的心丢在了夏天的心事里。

"我好像有一点喜欢你。"我发消息给她。

现在记起我当时用的量词自己都想扇自己几下，可以确定的是在追女孩这方面我的确没有太高的情商。我做好了打持久战的准备，没想到这样的表白她居然同意了。

KTV 里和兄弟们提前两天庆祝我的生日，我把她也约了出来。那天女生在唱歌，男生在喝酒。暑假聚会时他们都喝醉过，唯独我没有，他们从没见过我的醉态，于是提前商量好把我灌醉。毫无悬念，我的酒量终究还是没有抵过他们五个人有预谋的狂灌，我走出 KTV 时还清醒，吹了一会儿风之后就失忆了。据说喝醉了的我非要塞给她 50 块钱，她无可奈何地收下了，最后他们用这钱找了一个旅馆把喝醉了的我塞到房间里扬长而去。

据说情侣们第一次约会都很浪漫，我们的第一次约会以我的醉态告终，虽然不是我们两个人的单独约会。

走在校园里茫然不知去处，走进冷饮店我点一杯咖啡，我不知道她的口味，所以惯性地给我点了一杯咖啡，给她点了一杯草莓奶茶，因为我眼里的她一直是温婉可爱的模样。她问我是不是喜欢咖啡苦苦的味道，我说我不是喜欢咖啡苦的味道，只是不喜欢甜的饮料而已。

每一个写故事的人都会给故事安排一个转折点，就像是我们从小学语文就接触到的欲抑先扬的手法一样。我们在恭维之后习惯用"但是"，因为我们都曾以为暖暖地刺入心脏或许没那么伤人。

就像是电视剧中出现过上百次的那句对白："你很好，但是我配不上你。"

写故事的人都懂得悲伤。

我不是编剧，爱情也不是故事。

二

会宁是一座小城，或许它连城都算不上，只能称之为城镇。

它未处江南，没有淋漓剔透的雨季。五月的雨淅淅沥沥地落在城中，园中的梨花即使处在雨中依然素白入眼帘，花香溢此城。我跟随着烟雨迷蒙的景致到山路上，寻了一处亭子避雨。山下是城市，烟雨缭绕依稀可见霓虹闪烁，山上有风景，它自成斑斓世界。

桃花山上梨花树桃花树都有，夏季盛开时清香袭人。山上分布着庙宇，顺着台阶走进去庙内只有看门人。我问他："老伯，没人的雨天您也在看门，您不回家吗？"

"孩子，雨天也有人来拜佛的，比如你不就是来拜佛么。"

"我只是来看山，我不信佛。"

"不信佛？山也是佛！"

我哑然，原是我活在执念里。

贪、嗔、痴、怨，这世间谁人躲避得了？我活在众生相里，他经历了百态，已然悟道。

曹操说："宁可我负天下人，不叫天下人负我。"其实，每个人的性格绝大部分都由自己的经历组成，人这一生大概会遇见四千万人，这四千万人会构成你的生命。所以，辜负自己，便是负这芸芸众生。

佛说：人有七苦。生、老、病、死、憎怨悔、求不得、爱别离。

生老病死无可避免，"憎怨悔"与"求不得"其实是心中的执念。最苦的事其实莫过于人活在执念里，而佛活在生活里。

所以佛度众生。

素白满山的景色其实留不住我年少的心，返璞归真的心境终究要先追求华美才可以成就，这城镇填补不了我追逐未来的野心，繁华霓虹的光景才可以让我觉得自己没有枉为少年。我想若是能有一个女子陪我熬过这年少轻狂的岁月，我必然会还她一首诗的爱情。

誓言还在，城还屹立着，我许下的诺言却变成了年华里的流言。

当初你不喜欢的味道，总有一天会为了某天不期而遇的她而喜欢。当初你对爱情定下的枷锁，总有一天会亲手为了她而打破。当初你不喜欢的雨天，总有一天你会为了她而接受。爱情里没有妥协，只有接纳，若是你依然恪守着既定的标准，只是证明你没那么爱她而已。

当初她不喜欢的咖啡味道，她陪我一起喝了好多年。当初她不喜欢的雨天，她陪我一起不打伞在雨里笑谈。

她做了好多的改变，我看得见。

有时我努力地思索是不是应该在未来与爱情之间做个取舍，我曾以为心没有牵绊才会更简单地去追逐未来。经历之后我发现爱情会打破年少轻狂的定律，它会让你经历生活的诸多美好。一起听歌，一起散步，一起逛街，一起看电影，一起经历青春，她让我的生活多了很多情感。

我相信爱情。

三

　　如果上天给我安排一场盛大的逃离，我必定会给自己安排一场盛大的仪式。

　　花开花落，几经故事渲染，尘世里我依然学不会把自己卑微到尘埃里。反复几度，多少冬夏依然一个人，人多的时候时光显得烦躁且孤独，我不需要美好的开始，我期待完美的告别。

　　执念。多少人活在执念里？多少人肆意地经历着自己的故事？青春好似一份试卷，每个人诠释着不同的答案，考多少分并不重要，重要的是你什么时候交卷。交卷的时间才会诠释你自己对待青春的态度。

　　她陪了我三年，最美的青春年华都投注在我身上。

　　她说：“我们相爱过，即使有一天你伤我恨我不在意我或是在爱情的见证里无视我，我依然不会拿着你凌晨告诉我的小秘密去喧闹给别人背叛你。”

　　她说到了我的心坎里，即使以后形如陌路，我们依然不要辜负深夜里的别人，无论他善良也好，冷漠也罢，深夜里他能对你放下所有防备，只是因为他觉得你值得他相信。

　　爱情很难长情。有的人说爱情是为了成全自己成为更好的自己来遇见他，有的人说爱情的经历只是经历无关荣耀，有的人说爱情是找了一个人让自己在这俗世里显得没那么孤独。在某年某天某条街遇见她，相遇相知相爱相守相依以至在年华里凋落，我们得修多少世的善缘才可以如此幸运在对的年纪对的时间对的地点遇见对的人？

爱情很难长情，我相信爱情。人的一生可以遇见四千万的人儿，即使如此，依然有时心情沉默无人言说。我说的心事你不在意我不怪你，因为也许还有两千万的人会向你披露他们的心意，愿你遇良人。

这世间真的是有因果的。

如果你不想自己幸福，那便负了爱你的人吧。诺轻信，人会负你，诺轻许，你会负人。

你相信么，每个人都会负良人。年华教会了我们追求，没教会我们珍惜。

秋微在《莫失莫忘》里如此表达："接纳是最好的温柔。"

命运反复颠簸，你爱的人还在，或是投在别人的怀抱里，爱你的人也许还在等待。不爱就是不爱，没人会怪罪你，要怪只怪命运，没有安排你期待的初见，也没注定我是你良人。

或是你对，或是你错，你的故事我只是听说，而已。

我把自己安放在轻飘飘的年华里，似是无处安放的感觉。缘来缘散，终究无法把握。

我不怕你拒绝，只怕你退缩。

若是你退缩了，若是如果有一天你不在我身边了，我必定会给你一场盛大的仪式来告别。

就像是我们对待死亡的态度一样，都是需要仪式的。

她说过人生最大的幸福是活着，因为活着，所以生命美好。也对哦，生命如此斑驳，色彩杂乱的生活只要活着就有可能经历诸多美好。可惜的是没有一身伤疤，不被伤得伤痕累累怎么会懂得珍惜？

她说我们遇见对的人时已被伤得不成样子。

他会心疼你的模样么？

你会在意她不复如初吗？

我不是水瓶座，我依然期待唯美的爱情。十几岁的年华即末，我需要拉住时光说一声"再见"，作为迎接 20 岁年华的仪式。

Chapter 6　米线

我遇见你，我记得你，这座城天生就适合恋爱，你天生就适合我的灵魂。

——杜拉斯

你说我不在的时光里，你一个人待在宿舍，一睡就是一整天，醒来时手机未曾响过，没有一个未接来电，你说你想我、念我，以至于你刚才梦见了我都忘了说。

突然想到你，在每一个生命起舞的日子里都显得生命矫作却温暖，提起笔，拿起纸，我坐在草坪上，却不知怎样来刻画你。

随即笑了笑，这两年时光的成长一点也没改变我见到你时产生的局促感，就像是一个大男孩见到心爱的姑娘一般，时光的斑点透着温暖如初的色调，未曾离开，鲜有恣意的不安。

一

西北师大门口有一家很好吃的过桥米线。她带我一起去吃，米线店里都是姑娘，局促感漫延到我周围的整个空间。她从包里掏出了一包纸，细细擦拭了凳子之后示意我坐下，她拿起包走到对面，从我身旁走过在空气里留下几缕发香。

那个瞬间，我想和她在一起。

爱情里最美好的事，是喜欢一个恰好也喜欢着自己的人。

"为什么喜欢我呢？"

"因为你眼睛会发光。"

听她这么说我真的相信我有一双会发光的眼睛，清澈明媚宛如童话里的王子。

夏天是适合恋爱的季节。男生们都不好意思矫情地在热热的夏天里拿一把伞，他们需要一个包里总装着伞的女朋友。6月是这座城最热的时节。

四月维夏，六月徂暑。时光已至五月中旬，空气里散漫着夏天特有的味道。凌晨两点，窗外的栀子花应该开了。

时光追溯到三年前，我们在同一所高中，在这所高中我见过她几面，她的光鲜让平庸的我望而却步，最终敬而远之。其实我在很久很久之前就见过她了。初中时英语底子薄，初二暑假老爸给我报了补习班，她碰巧也在。

碰巧也在是件很美好的事儿。《诗经》里有一句诗阐述了这种美好：有美一人，清扬婉兮，邂逅相遇，适我愿兮。

在你碰巧也在的青春里，我固执地喜欢着你，就像是你喜欢我一般的喜欢。我们互相喜欢着，好巧哦！

　　嗯，真的蛮巧的。夏天之后的每一个季节里，你都存在于我的故事里。

　　那家米线店每个月都会去一两次，每次和她约会时都会到那家米线店去。

　　味道鲜而不媚，裹着青色系明媚的口感，汤汁的味道如夏天早晨时那一抹透过树叶斑斓的光线，似是恋爱的味道。

　　夏天的夜晚我穿着白色衬衫，她约我一起看电影，当时上映的是美剧，或许剧情跌宕起伏，英语过于差的我即使有字幕也适应不了那种似是看聋哑剧般的感觉。她在看电影，我在看她。她专注的眼神似乎是在看着银幕，偶尔余光会瞄到在看她的我，目光短暂接触之后瞬间逃离，她的脸忽然变红了，手搓着衣角显得有些不知所措。我带着调笑的眼神继续看着她局促的模样，怦然心动。

　　在每一个怦然心动的瞬间我都想和她在一起。

二

　　她是一个很努力的女孩。晦涩的哲学课她考前一天可以背完，考试成绩接近满分。在我得过且过的青春里，她一直是我膜拜的那种人：足够优秀，不怀疑自己经历的现在，可以做好每一件当前可以完成的事情。

　　在她的驱使下我把时间表安排得密密麻麻的。我可以习惯于努力学习，但是我没有专注的心态，免不了会怀疑努力的方向是否正确。每至下午两点疲惫感附和着莫名的失落会在心底隐隐发酵，喝一杯碧螺春强迫着自己使劲打起精神来。

因为喜欢她，所以才如此努力。

我坐在草坪上拾掇着自己的心情，天气灰沉沉的似乎风雨欲来。

时间乍暖，青春微凉，我需要好好地静静。

想起从 18 岁到即将到来的 20 岁这段青春里，只有她安然地见证了我所有碎屑的故事，这段岁月迷茫且黑暗，若是我独自一人走过这段岁月想必现在的自己依然还是满身戾气。虽然我知道你看见谢谢两个字必然是抗拒的，但是真的谢谢你，陪我度过了我最黑暗的青春年华。

深夜里我会打电话告诉你我委屈的心情，也只有你告诉我不必那样坚强，脱下所有习惯养成的伪装，从抗拒温暖变成接纳微笑，这个过程好疼哦。

我习惯了什么事情都麻烦你却不向你说谢谢，虽然你是我的女朋友。

从初二就认识你，未曾接触，只是感觉你是一个性格很好的姑娘，可惜当年的我情窦未开，不懂得怎么去追女孩子。如果那时你就是我女朋友，我们谈恋爱已经十年了。

不过还好，大学时我们依然在同一座城，从接触到现在我对你从未感觉到陌生，有一种与生俱来的亲切感。

说不上缘由，我把其归结于缘分。

缘分是一件摸不到深浅的事儿，就像是在初见的那个夏天我会莫名地想到联系你，就像是在六一儿童节那天我们并未熟知你却跑来找我玩。

事实证明女生的心思不能归结于缘分。我们在一起两年之后我问起她当时来找我的心思，她告诉我那时来找我玩是因为在上次见面时我不小心弄坏了她的发卡，她想着我应该会赔她一个，拿到发卡之后她去找姐姐。

枉我为这件事在其他兄弟面前得意了那么久。看来不该知道的事情还是不要知道为好，在美好的初见里挖出一个残忍的结局会是一个很尴尬的故事。

三

她穿着米黄色的衣服，初见她时她穿的那一件。

她是低我一届的小学妹，认识她是因为通过好几个裙带关系才莫名遇见。

把她召集在时光的影子前，夏天柠檬味的青涩在她身上映出多圈光影，在交大门口邂逅，恣意的脾气，玩闹时毫不矫作，我想这样的女孩必然在一次谋面之后和我再无半点交集。

很奇怪，我天生觉得豪爽的女孩对我没半点好感，或许是天生"温婉"的性格让我在这样的女孩面前提不起半点勇气。不过后来我们在一起了，也许是因为每一个瞬间变成了妄念，随之汇聚成记忆的温暖，流淌在年华里积攒成爱情，也许是因为她张扬的个性让我艳羡，以至于想去探寻，也许是初见她时她穿了件米黄色的衣服，我天生就喜欢这种淡颜色，也许只是因为环境太热闹，自己的生活太过乏味，想要找个人陪自己而已。无论是怎样的也许，我们最终在一起了。

平淡却新奇的瞬间在青春里恣意发芽、生长，平淡在青春荷尔蒙的催化下很快便失去了生命力。没有和她吵过一次架，每一次在吵架爆发的临界点我都会说我去静一静，之后便是为期不长的冷战。

之所以为期不长是因为她总会过来道歉，几次道歉之后我觉得作为男生应该大度主动一些，于是学会了说对不起。

嗯，不是想要说对不起，而是应该说对不起。在方法论的指引下我逐渐地成长，而生活只是催化剂，这样的念头并未持续多久，应该——这个词过于飘纱，没法指引我一直按照这个模式去生活，像淡淡的吻痕一般，稍纵便褪了色彩。

事情发生在某个学期的期末。到大二时我把随身带手机的习惯彻底抛弃在垃圾桶里，生活单调到看书、自习，整个身影都在自习室、食堂、宿舍三个地方游走，在某个晚上回到宿舍打开手机，12个未接来电。

都是她打的。

嗅到了她脾气爆发的味道，连忙把电话打过去，她语气很是平静，于是又解释、沉默、冷战。

初夏，春天的光阴凋谢得太早，盛夏的味道席卷了这座城，温度燥热。和她找了一块大树遮挡的草坪，坐在草坪上，她说那次发脾气是因为在电话打不通的时光里，她想要飞到我身边来，就看一眼，只看一眼，再回归到她的生活中去。

我看着她的眼睛告诉她，在未曾见到她的时光里，我想要努力地追随她的脚步，去看书，去经历，去成长，去学会更好的理解生活的百般滋味。

从执念、妄念，最终又归结到想念中来。

遇见她后才知道爱是遇见，也是陪伴。

Chapter 7　暗恋

　　一生中至少该有一次，为了某个人而忘记自己，不求任何结果，不求同行，甚至不求你爱我，只求在最美的年华，遇到你。

——徐志摩

　　心里给故事画上了句号，他们以为我画上了逗号，故事就此搁置下来。

　　夏天草坪上情侣们互相依偎，悄悄地在对方耳边说着小情话，远处宿舍楼的灯光远远地投映过来已是黯淡了许多，路灯光线太强抬头视线被光圈笼罩了看不到星星。这样的情景，似是当年暗恋那般懵懂青涩。

　　一

　　高中每隔两周就要调一次座位，一到八排互相调换，九到十二排互相调换，每一次我都在策划是不是可以在她调到第八排时我把自己调到她背后的第九排，由于各种客观原因只成功过一次，在这个过程里把我数学的空间几何思维倒是训练得更加纯熟了。

在那两周里有一次期中考，我使劲地学习想把名次排到她前面去，数学自习为了节省时间我不动手算题只是看题在脑海里衍变各种思路，英语课一节课100个单词使劲地背，那次考试的名次依然排在她后面。

从此以后考试超越她成为我的一个执念。每次模拟考之后我都会跑过去打探她考的分数。

"这次考得怎么样?"我跑过去，在她旁边的凳子上坐下。

"不好，你呢?"她每次都这样说，每次总分都超我30分。

"我成绩你知道的，从来就没好过。"

"你那么聪明，成绩一定会进步的。"她不吝夸奖，当时的我傻乎乎地信以为真。

我看着她的眼睛悄悄地在心里对自己说："等我考试成绩超越你的那一次，我一定会来向你表白的。"

那天晚上按照计划表本应该是看数学的，回家之后一看到书眼前就会浮现出她的眼睛和她的身影，也许是高考压力很大我找到了一根救命稻草，也许是我真的喜欢她。

似乎走火入魔了。

她向来温文尔雅，性格很是安静。上课时她在听老师讲课，我在后面看她，看她认真听课的模样，自顾自地发起呆来。

"康育川。"在我发呆时数学老师突然叫起我的名字。

我站起来，很迷茫地看着数学老师。他指了指黑板，意思让我上去做题。

其实我对上黑板做数学题是蛮欣喜的，从高一开始数学老师每次都特喜欢上课叫我去讲台上做数学题，每周叫我三次，而且都是现学现用以至于我上课不能走神。一怒之下，我一下就预习一学期的数学，每次数学老师把我叫上讲台我会很随意地把题解出来很潇洒地走下来。

可是，这次情形完全不一样了，我压根儿就不知道他提问的是第几题。

"第几页第几题？"我小声向周围的同学求助，同时拨开凳子准备往讲台上走。

"第八题，第八题。"同桌小声说道。

"你这个猪，都不告诉我第几页只告诉我题号有什么用？"我一边往上走一边在心里诽谤他。

数学老师看出了我的尴尬："126页第八题。"

两笔做出，不带一丝犹豫，往下走时看了眼她，她也正瞧着我，四目相对，小心思在这夏天又荡漾起来。

下课时窗外来来往往的人儿走走停停，上课铃一响大家仓促地跑起来，前排的姑娘趴在桌子上睡着，我在后排看着夏天的风景。

二

每天会看到她一个人回家不拉帮结派很是安静，看她上课盯着黑板特别认真，讲台上的倒计时牌子每天都会翻至新的一页，距离高考越来越近。

对于高考有些忐忑，在她面前却会佯装淡定："即使现在只有三十天了，我用这三十多天超越你肯定没问题。"

"啊？超越我？"她一脸狐疑地看了看我。

"对啊，你一直是我想超越的目标。"其实我想说不超越你怎么对你说我喜欢你，没胆子说出来。

夏天时下午 6 点多可以看到黄昏的光影，那是我们的晚读时间。我会走在操场上背着生物书，或是捧一本《花火》边走边看。你时常会从教室到操场里走下来，捧着一本书背着，和我走着两个平行的轨道。

想靠近却不敢，我远远地望着，隔岸的距离看你挺美的。

《花火》上那一页写着三毛写给荷西的情诗：我每想你一遍，天空就掉下一粒沙，于是就有了撒哈拉。

可是就算我想你一千遍天空才掉下一粒沙，那也落不到你看得见的世界里。

数学老师出了一道圆锥曲线里的关于渐近线的题，把我叫上黑板做题。渐近线是指在圆锥曲线里无限靠近却始终无交集的假想线，我盯着"渐近线"这三个字恍然失神，题目没有做出来就失神地走了下来。

我怕在这青春故事里我也只做了你的渐近线。

那是我高中三年唯——次在数学课上出糗，那天，还有十五天就是高考。

三

一直到最后一次模拟考我也没有超过她，最后的十五天里想去找她说话又怕影响自己学习的心情，忐忑纠结。

记忆在夏天里漫延，散出很多种不同的味道。上学路上会想着是不是会遇到，课外活动会思量是不是应该去玩闹，在喜欢的女孩子面前我有些胆小，想表白，成绩却一直没超越她。

其实我成绩是超越了她一次的，那是在高考。

拿上成绩单我一看这次终于超越她了，满心欣喜地想去找她，同时问一下她准备报哪一所大学。放下成绩单我出了校门，看见她从校门口走了过去。

周围的同学都兴高采烈的商议去哪里恣意玩耍，夏天的下午影子被阳光拉得很长，我心不在焉地偶尔瞄一眼她和别人的背影，有些不甘心，但最终，表白的话还是没有说出口。

晚上和同学们聚会，看着寂静的夜晚上闪耀的几颗星，失落感在心里游荡起来，有些想她。

暑假里见到她是在同学的"庆功宴"里，她又是以很安静的姿态待在一旁，我恍然感觉我们已经是两个世界的人了。

大一时偶尔会给她打电话，她说她性格里没我想象中那般安静，只是习惯在学校里安安静静的，关于暗恋这件事，我再未提及。

大二时同学聚会看到了她，她的性格愈发安静起来，瞧着她安静地和同学们一起走着，却很难燃起当年那般心情来，突然有些怀疑当年是不是真的喜欢过她。

翻起毕业照，她那时的长发剪成了短发。我喜欢的大概是那年她和我一样安静的性格，大概喜欢的是她不苟言笑却很努力的学习姿态，大概是喜欢她穿白色外套时很纯真的模样。

　　我喜欢你，你从未知道，我也没在你的故事里以喜欢的姿态出现过。不过还是感谢你让我当年有了一些学习的动力。或许因为你的出现，让现在的我有了一点点的不一样吧！

　　遇见你才知道暗恋是一件和你无关却会让我偶尔会记起觉得很幸福的事。

　　谢谢你，让我暗恋了你一年的时间。

Chapter 8　花开半白，夏开不败

在这片明媚的时光里，你突然记起了谁？

雨滴落在伞上嘀嘀嗒嗒，错过了已经打烊的小餐馆，在这座城的街道里走着，想要记起谁，发觉很难再想起，记忆格外苍白。

想要认真对待，林林总总的记忆都涌上心头，逃出身体吸附久违的雨滴，落入到泥土里，想要拾起，已无踪迹。

从抗拒到喜欢，时间会略微显得长久，熬过的事都成为了故事，还未熬过的事都还是未知，黑暗成为生命里最习以为常的姿态，不再为某件事哭泣，不再为每个人而买醉，似乎从未认真过，只有自己知道故事或是未知都停留在心灵深处，只是再也不会经常拿出来翻阅了。

是啊，缘分太过玄妙，我们总归是要去追求远方的，从雨天里走过，从阳光里走过，难得的心甘情愿。

你学会了接纳那些曾经抗拒的往事，也不会再去担心前面会有着

怎样的坎坷，总归是要去试一试的。

那些年你看的花儿，在青春里圈养着早就已经凋谢了，零落成泥。那些年你喜欢的人，想去追问，想去追寻，逐渐地看待得更为简单了。

成长都会经历一种相同的姿态，周围没有其他路，只有成长这一条道路，你除了成长别无选择，只能被迫成长。

在这种被迫之下你会怀疑这般成长的代价，我是一个没有安全感的人，时常会怀疑自己的经历是不是在成长的正常轨道上。

就像是我每次写东西时会思量选择的文笔是不是真的合适，每次穿衣服时会思量搭配的是否让自己满意，旧了的衣服舍不得扔，因为有些东西附加了我很多的回忆，身上越来越沉重，附加值越来越多，活得也是越来越累。

夜晚对着星空说话，审视自己每一天的经历，回忆自己今天说的话是不是自己真的想表达的，此时心情就像是凌晨两点去洗脸发现水龙头里没有水，一一试过发现最后一个水龙头留着涓涓微弱的水，很兴奋也很幸福。

终究会有对的，即使试过诸多方式一个对的也没有，也不枉自己曾经尝试过。

只要尝试过，错了也没关系。何不自己给自己一个机会呢？

青春不难，难得是从接纳到抗拒再从抗拒到接纳的过程，抗拒的尺度太小，谨小慎微只是逼迫的自己对自己无尽失望。

当初你想要放弃的习惯，或许有一天会拯救你，当初你想要抗拒的温暖，或许有一天会追悔莫及。

树梢指着天空说："我想要拥抱你。"

天空告诉它："你离我太远了。"

风听见了树梢的话语，想要使劲地拔高树梢来缩短它和天空的距离，树梢弯了弯腰，最终拥抱了一下脚下的泥土。

当初你喜欢的人投入到别人的怀抱，没关系，总会遇见一个更适合你的人。

当初你既定的梦想没机会去追寻，没关系，先踏着脚下的土地，再仰望头顶的天空。

现在的你，有梦就去追，既定好方向，一切有可操作性的梦想都不是白日做梦。

青春里没有既定的故事，只有寂静的未知。

Chapter 9　随遇而安

如果做不到以德报怨，那么请做到随遇而安。

十几岁的少男少女喜欢的颜色里，灰色系带着魅惑与颓废的傲姿，紫色系的冷傲高贵浑然天成，蓝色系忧郁懵懂惹人怜惜，红色系融合了多重含义表达着骨子里的叛逆。无论你以什么性格作为主打，请不要忘记青春年华里最重要的事情：接纳自己。

生活中会发生很多故事，生活也会和你开一些不痛不痒的玩笑，或许我们还年轻，依然觉得生存是一场战争，或许你们经历了年华有了自己的态度，无论如何，我一直坚信：Life is beautiful。

关于我对生活的态度，可以用我最喜欢的四个词语来描述。

微笑。我喜欢微笑的态度，它会让我们明白生活是美好的。对自己微笑，明媚的心事会感染时光；对别人微笑，或是释怀，或是表达——毫无代价的自由的表达。当午后阳光透过窗帘印在脸上，微笑的表情定格的那一刹那，整个世界都安静了下来，我们发现生活其实有时会过于浮躁，成长是努力的唯一目的。

聆听。我喜欢聆听的艺术，它会让我们明白自己在一个怎样的世界里生活。聆听自己的声音你会学会接纳自己，聆听别人的声音才可以学会表达。聆听听觉以外的光影、街道、行人，体验他们的温暖、表象、思绪，在素描纸上刻下他们的痕迹，或是用文字记录他们的印记。努力之后，回头再看，生活处处充满爱。

接纳。感激或是恨意，都无法将情绪附加到过去里。我们学会了在过去里缅怀，有时却会忽略生活只能走向未来。偶尔回头审视，利益充斥着生命的很长一段旅程。认清方向，接纳自己，生活会变成一场慢节奏的乐章。

感受。树的光影，斑驳陆离，一抹阳光洒在眼前，在泥土上画了一个圈。生活的每一个细节都在表达着大自然的认知，在这样的细节里，我们会感受到生活的斑斓多姿。无论成功或是无关荣耀，生活都不是一个人的旅行，接纳自己，包容别人，感受这个美好的世界，它处处充满希望。

一

在都市里即使天色亮着，声音一嘈杂，人一多，把自己扔进这熙熙攘攘的人群中会发现自己其实和他们没什么区别。赶公交车时都是以一夫当关的姿态横冲直撞进车抢座位，坐在公交车或是地铁的椅子上低头玩手机表情冷漠心情更加冷漠。时尚师标新立异寻求不一样的点，我们也在寻找自己和别人有什么不一样的地方，成长之后发现人外有人我们永远都无法做 NO.1，于是用浮夸掩饰着自己的不安。

我曾经也深深地不安过，一度怀疑自己存在的意义。有些事不说出口，很难做到真正的释怀，有些事即使说出来也不会做到真正的释怀。不一样的是表达出来，你会直视它；不表达，你会一直逃避它。

学校宿舍楼最高的楼层是七楼，从七楼楼梯走上去穿过一扇门是一片空旷的楼顶。大一时我经常坐在楼顶听歌，单曲循环着歌曲沉浸在我的小故事中。今天无意间上去发现那扇门锁着。17 岁那年那扇门虽然开着，但是我感觉自己的心被锁住了；如今那扇门锁着，我看不到楼顶的景色，却看到了透过两扇门之间的缝隙穿过来的光线。我拿出手机单曲循环着歌曲《你已不在》，在楼梯上静坐了一下午，我的青春故事从这里开始，就应该在这里告别。

他有些冷漠，有些偏执，却也可以在偏执的方向使劲地付出，他从来都不会听取别人的意见，固执得无法言说。我想若是我们是同龄人，我断然是不会和他那样的人做朋友的。

他是我爸爸。从很多年前开始，他一直都想让我成为他期待的样子，我也在这个方向努力了好多年。我一直想成为他的骄傲，无可否认。

五一节回家，他问我这次回家妈妈有没有给我钱。

"我没要。"我陈述了这个事实。

"恐怕是你妈妈没有给吧！"他用有些认真却带着些许理所当然的口吻说，似乎笃定他说的话是一个铁定的事实。我没有再说话，低下头，过了一会眼泪不争气地流了出来，我也不知道为什么情绪会如此失控。我从未和现在一样产生过如此强烈的逃离他的念头。

我想离开他，真的。

17 岁那年我读大学一年级，初上大学时我看这个世界，觉得它混乱不堪。那年妈妈离家出走，在那期间，爸爸得了腰椎间盘突出的病去西安治疗，妹妹只能在外婆家住着。高中时家里碎碎的玻璃碴堆满了我的记忆，我想劝妈妈回家却发现其实语言过于苍白。那年爸爸妈妈离婚的消息只是通过电话告诉我，没有询问我的意见，那天我看见手机显示是爸爸打的电话，欣喜地接起没想到接到了一个晴天霹雳，我的手机当场摔在了那空旷的楼顶上，从那时起我感觉我的生活开始变得一团糟。那年爸爸妈妈离婚后，妈妈带着妹妹去了远方，爸爸用他的爱来强迫着我表达我对父爱的忠诚，以此来消磨我和妈妈的感情，妈妈用沉默回应着我的期待，时光轴上刻着我那时感觉自己被遗弃一般的心情。那年我没勇气面对支离破碎的亲情，学习成绩乱七八糟，每天起床下午两点，从来不去上课。那年我还没勇气审视自己，我抱着敌视的态度看着这个世界，像一个全身都是刺的刺猬一样狠狠地扎着靠近我的每个人，尤其是在之后尝试着靠近我的爸爸。

我害怕被伤害。

17 岁那年的假期爸爸说他想和我好好地沟通，喝醉了的他在和我沟通时又强迫着我表达我作为子女的忠诚，我砸了酒瓶跑出了家门，一个小时之后他打电话过来，我把手机关机放回口袋。下着雨的天空我不知道走向哪一个地方，也不知道我该怎样去面对我期待的未来。

17 岁那年的暑假有一天雨下得特别大，爸爸醉醺醺地在床上睡着，我走在街道上，水滴顺着头发一直往下掉，我的眼泪也一直不争气地往下掉，我心想：我好想幸福哦。可惜，我没有一个温暖的家。甚至，连我最亲爱的人都不爱我。

我做好了和全世界拥抱的准备，唯独没有勇气去拥抱他。

他说他爱我，我从不相信。

他说我没有家，我一直记得。

二

妹妹今年初三，是一个很可爱的小女孩。

从小到大，在我的记忆里我很少欺负她，却也很少对她好，甚至给她的第一份礼物都是在今年寒假回家时才买的。

寒假一直待在家里，因为妹妹要考高中了，我丢掉了原本准备完结的书给她辅导功课。虽然她成绩优异我依然怕她落榜，那种怕似是来自于心底的恐惧。我已经真真切切地体会过疼痛感，我不想她为这疼痛去背负其他的代价。

回忆起这些年最开心的事情，我想应该是很久不见妹妹之后见到她时我发现虽然妹妹随着妈妈一起颠簸地生活了两年，可是她的性格依然很乐观。

记得初中和高中每次回家时我都特别怕回到家家门紧锁着，因为门被锁就意味着他们又吵架了，我和妹妹就会把家认真的打扫一番，期待他们回家时能有一个好心情不再吵架。其实那时我已经懂得这只是我的奢望。

我从小对待亲情就这样小心翼翼的。试探，假装，以至沉默。

就像是我很少回忆 18 岁的时光一样。在那年我听闻同学说想家了时我会很自然地流露出一种诧异的感觉，我似乎从不想家，因为家是我最想逃离的地方。在那年，很多人告诉我我的性格有优越感，我仔细思考了好久发现我不是有优越感，而是和人有距离感。

他们都幸福，我如此落魄。

19 岁那年的暑假回家我问爸爸："你爱我吗?"

他哭了。我从没见到过他流过眼泪。

19 岁，在 19 岁我才和他做了有效的沟通，好迟哦。赔上了我好多的青春年华，更让我难过的是让爸爸一个人承担了这么久。

我问自己：你想过在他需要时陪他说说话吗？你想过在他想你时打电话吗？你想过他思念女儿的心情吗?

我一直是一个自私的孩子。

爸爸睡着的时候我看见他已经有了好多白头发，他的身体如今连一杯酒都碰不得。

他老了。

我准备去我的天空翱翔了。

我一直期待被理解，却没有做好理解他的准备。冷战两年，我从没想过他是不是也需要一个人陪他说说话，我一直沉浸在自己的心情和委屈里，还要求他做这做那。每天起床时爸爸会做好早餐，爸爸每次出去应酬回来都会带一些好吃的，他说他爱我，我却从不相信。

我执意在自己的付出里，我付出了我的青春年华来证明他错了，年华告诉我是我执着在错误的方向里。尽管如此，感谢时光让我在我的青春时光里那么任性真实地生活过。

三

若是还未经历，就做不到真正的理解。所谓的感同身受是生活的产物，不是听说过的故事的堆砌。

爸爸在很多年前问我为什么读书，我从未思考过，所以无言相对。

如今若是有人问我这个问题，我一定会坚定地告诉他读书是为了更好地理解生活。

理解生活的各种滋味，经历生活的各种滋味，然后成长。

以前我总以为我没有家，现在我明白牵挂在哪里，家就在哪里。

我不勇敢，一直都是。我之所以敢在文字中坦率地表达这些往事并不是因为我变得比以前勇敢，而是我为我曾经的懦弱付出了惨重的代价。

直面未来，你会看清方向；直面过去，你会看清自己。

过去是躲不过去的存在，你只能选择面对，若是活在执念里，只能是无尽地折磨自己。如此美好的人生，我们应该选择更好地活着。

我喜欢城市在夜晚带给我充满憧憬的感觉，看着安静的星空我会感觉到自由，看着璀璨的灯火我会觉得幸福。在这个过程里，我时常会自言自语地和自己说话，我告诉自己我过了一个怎样的今天，告诉自己我期待自己以后要成为一个怎样的人。努力之后回头审视这段岁月，在这场自我认知自我接纳的过程里，我只是做到了不颓废不迷茫，即使只是这样，我依然觉得我对得起这细致入微的青春。

爱与恨都是需要勇气的，人生的诸多情绪都折射在接纳的温柔里，因此爱比恨更需要勇气。

直到现在，我依然学不会用他可以接受的方式与他沟通。他有他的态度，我有我的态度，我一直证明他应该妥协，他一直证明我是错的。

或许是因为我们是最亲的人，所以我一直在努力地尝试着改变。

或许幸福太过简单，而我把它想象得太难。

不过这不重要，因为在这个过程里我一直在尝试着接纳。从接纳自己到接纳别人，或许我还有很长一段路程要走。

无论你经历了什么故事，无论你经历了一个怎样的过去，请从现在开始和我一起在故事余温未尽时拥抱它，坦然地告诉过去的自己："亲爱的少年，感谢你曾经的经历，让现在的自己有勇气拥抱过往的那些曾经以及有勇气坦然地经历看不清的未来。"

Chapter 10　之子于归

"我和你爸爸离婚了。"

"嗯，我知道了。"似是正常的语气从我口里冒出来，我想让她通过我淡定的语气中听出我此刻有些冷漠的表情。

这是我 17 岁做的最傻的一件事。

故事还是发生在那个小镇里，还是在高三那年，或许要追溯到更远。

高三那年其实也并未发生很多事：一份不知结局的懵懂，一个可以猜到结局的故事，一场盛大的逃离。

那年成绩有些差，也没有什么大的理想和抱负，班主任让我们写自己的梦想，随手摘了一段话就贴在了教室后的梦想栏上。

"我要站在浪潮顶尖俯瞰世界。"红红的纸张很亮眼，似是一只红色的蜻蜓在墙上翩翩起舞，而我没想到的是不曾站在浪潮顶尖，却在之后的许多天里处在浪潮之中。

　　碎碎的玻璃碴出现在我生活里的次数越来越多，那时我已经嗅到了不幸福的味道。而在之后，我开始努力地策划一场盛大的逃离。

　　一

　　"我要骄傲地走出这所学校的大门。"在那些熬不下去的日子里，我用这句话作为我的鸡汤，我很认真地用我那时写得最好的字把这句话写在纸上，把它贴在我的课桌上。

　　鸡汤没有药的疗效好，似是得了抑郁症的我在知晓学校来了一位很漂亮的心理老师之后欣喜若狂，一直期待她给我们可以上课，可是在一年时间，我只见了她一次。

　　睥睨天下的性格，眼高于顶的不自知，附和着不敢尝试未知的懦弱让我没去找过那位老师倾诉，我没勇气去追求科学的治疗方式，只能期待自己的自愈能力超乎常人。把自己当做自己的救命稻草是一件很需要勇气的，那是我在没勇气的年华里做的唯一一件证明自己勇气的事。

　　事实证明，这根救命稻草救我上了岸，而上岸的地点却不是我预想中的地方。

　　高考是一场战役，兵不血刃却硝烟四起。教室墙上挂着距离高考还有几天的倒计时牌子，进教室一眼就可以瞧的到，爸妈每天都做好吃的慰劳我，自习时安安静静的没有和之前的时光一般恣意说话玩闹，同桌把玩了两年的手机锁在衣箱里，我把小说以及很喜欢的几本课外书搁置在家里，告诉自己三个月之后再看，距离高考还有三个月，就努力这三个月。

周围满是山雨欲来的感觉。

第一次模拟考成绩惨不忍睹，让别人和自己都感觉大失所望。不想让别人看见自己落魄的样子，我回到家后调整心态对着镜子笑笑，告诉自己：现在努力还来得及，这又不是高考。

嗯，这的确不是高考。可是高考的残忍之处不在于那最后一场考试，而是一次一次的考前模拟挑战你的勇气。

夏天把心情磨损得不成样子，高考的前一晚我把一个暖壶从三楼扔了下去。宿舍一兄弟听着院子里"砰"的一声，侧眼瞧瞧我说："真浪费!"随即又看起了语文历年考题，冷静得令人发指。

距离高考还有三天，老师总动员时告诉我们要平常心对待，在高三长期快节奏与压抑气氛的引领之下让我调整到平常心简直是一个笑话。未尊师令，我在考场上做语文题目时果不其然走神了。

还有一个小时交卷，作文以及一道模仿排比句式的题目还没有写。而在我静心构思作文时，很多事莫名地从心底跳跃出来，家事在头脑里乱晃，金庸先生的小说情节一幕幕从我眼前快速闪过，看过的书似乎也在一页一页的往过翻，电视剧情节也在头脑里乱晃似乎要和小说以及书决一高下，我努力地想让自己变得平静下来，而越想平静就让自己的心情变得越焦躁。

无可奈何，我趴在桌子上看见教室前悬挂着的时钟秒针一直在转，盯了半小时之后我提笔开始写作文，作文题目我起名叫做《零度旋转》。

秒针总时会回到零点，360度之后是一个重新的开始。只要有开始，就有希望，就有故事，就有青春——那是一篇关于青春的文字。

有青春就有遗憾。作文虽然在紧急关头灵感爆发勉强写完，而排比句没时间写了，我眼睁睁地看着 5 分从我指尖滑了过去。

出了考场看着狼狈不堪的自己，似是想飞却翅膀断了的感觉。我看着自己在高考里不负责任的表现，慢悠悠地走在街道上连家都不想回。

幸好语文的高考成绩还不错，超出了我的最高期待几十分。也许是那篇作文刺痛了老师的眼睛，也许是上天给我机会让我不安天命。

在高考过后，我大病了一场。

二

在病了的几天里没有人照顾我，我窝在小房间里天天睡觉，睡醒之后继续在床上躺着，似是在审视自己过往的年华。

等待高考成绩的过程蛮煎熬的，估的分数连老师们预计的二本线都不够，向老师汇报我估计的分数时我偷偷掺杂了一些水分勉强过了二本线，爸妈询问时又多编造了一点点。他们在那些日子里把悬着的心略微放下了一些，而我窝在房间里睡着，静默地等待着谎言被戳破的那一刻的来临。

爸妈一查成绩笑得合不拢嘴，说我欺骗他们谎报军情，实际成绩比告诉他们的分数高好多分。你看——凡事我都是做最坏的打算，自我纠结一段时间之后再静待结果。有的结果超出我的预料，有的在我预料之中，最终的心态要么是欣喜，要么是冷静对待，不会沮丧。

已经有了离开这个环境的机遇，我毫不犹豫地告诉爸妈我要去外省上学，用斩钉截铁的语气向他们宣言。或许是那时的我已经预感到他们对他们婚姻决绝的态度，以至于想要到离他们远远的城市。而宿命的脉络却不让我如意，在我老爸的一手包办下我报了本省的学校，努力了三个月的逃离计划彻底化为泡沫。

在高考这场战役里，我不曾失败，却也没那么成功。不咸不淡的青春自己看着都生厌，若是给我一场酣畅淋漓的失败，想来我应该会更欢喜一些。

我一直这么想，也时常被别人说我站着说话不腰疼。就像是一直不甚理解感情，也无可评判，只是他们互相陪伴那么多年说散就散了，突然知晓，我一下就慌了。

连我自己也未预想到我会如此慌乱，想来也许是一直生活得幸福安逸，突然要和幸福告别我紧张得手足无措。

我远没有自己想象中那般喜欢失败。

踏上大学的旅途，我的心中充满了各种幻想。在高中生活的沉寂下我以为我的大学会丰富多彩，而事实上大学生活依然只有两个字：学习。

当时感觉就像是老师和家长编织了一个巨大的谎言，和泡沫一样一戳就破。校园不像是电视剧中爱情发生的场景那般唯美，天空的色彩远没有家乡那般清澈，信任感大量流失，孤独感呈几何形肆意生长，突然记起高中时班主任说："无论你将来考上的大学是名牌大学还是普通高校，你上大学之后的第一感觉都是想退学。"

嗯，我又想到了退学，第三次想，每次失望都会想到逃离，这是我第三次见证自己的无知和懦弱。

三

一通电话让故事自此彻底拉开了帷幕。

我老爸在电话里告诉我他们离婚了，这其实也不是多么大不了的事情，在离婚率如此之高的时代这件事再也平常不过了。我一直想让他们都过得幸福，或许这样是对他们最好的结局。

可事情往往偏离我预想的轨道。

他们并没有我预想中一般去追求各自的幸福。我爸在电话里控告我妈的诸多错误，对她大肆诋毁，而若是我选择了沉默，不遵从他的意愿，他便会把对我妈的控诉转移到我身上。我妈也在电话里控告我爸的诸多罪行，意在让我理解错不在她。

仔细思量之后，我理解了在情感上父母有着自己选择的权利，我没有要求或是评判他们的权利，可是我受不了他们的相互诋毁。我把电话关机，想让自己彻底溺在时光这滩死水里。

偶尔会怕他们担心，偶尔电话打过去告诉他们我过得很好。他们不理会我是否过得如意，把我当做成年人一般对待。

"我还小，不懂你们之间这些事儿。"我想把自己置身事外。

"你是大学生，成年人了，应该有自己的价值观。"老爸一步步地诱导我表态。

那年我 17 岁，对即将到来的 18 岁充满了敌视。我想活在童话里，"18"这个数字逼迫我活在一个我未知的名叫成年人的世界里。

就像是我期待自己可以置身事外一样，他们也一直都期待我的理解与认同，而我若是表达这样的情感，就是对另一方彻底的背叛。

这是一场新的战役，比高考还残酷。我对高考还有着莫名的骄傲，这支撑起的些许信心，而若是让我拿起武器对他们其中一人宣战，我一点勇气也提不起来。我在这场硝烟四起的战争里寻找最优解，把目标锁定在我老爸身上，我想让他站在我们子女的立场上，用同情心与同理心来给这场战争画上句号。我寻找各种理由去说服，在他面前假意的装可怜，求理解，眼看着他的立场有所松动，却发生了一件出乎我意料的事儿让我的所有努力化为乌有：妈妈带着妹妹悄悄地离开了这座城。

我事先是知道的。我劝解了她一次之后不了了之，我知道我老妈若是做出决定之后会何等决绝，担心和恐惧在我心里肆意游走，我害怕我老爸知道这个消息会崩溃掉。

他最终还是知道了这个消息，去妹妹的学校找她时，班主任告诉他妹妹转学了。我能想象的来他听闻这个消息时有多震惊，一切都毫无预兆。

四

他问我是不是知道这件事时我在宿舍，手里捧着一本关于宋朝野史的书，时间过得太久书名我忘记了，那时刚翻到柳永的《鹤冲天》。

"才子词人，自是白衣卿相。"看到这句词我感觉诸多搁置在墙角隐隐发霉的心思又重新被翻了出来，乍见阳光，满心欢喜与憧憬，还未细细体验，他电话就打了过来。

"你妹妹转学了。"他的语气有些疲惫。

"啊？"我佯装出很震惊的语气，在此时陪伴他的只有我了，我不忍心残忍地离开他的阵营,让他一个人去面对。

之后的很多天里他疯狂地打我妈的手机,手机号早被她注销掉了,找外公时外公说他不知道。我手机里有妈妈的电话,回家看着他日益消瘦的身体,却没有告诉他。

我以为他会慢慢地熬过去的。

他一直以来都是我的榜样,我真的以为他会熬过去的。

他天天酗酒,似是彻底放弃自己了一般。或许他养育我这么多年很是了解我,看出了我在撒谎,用此般姿态来让我妥协。

我终究还是没有告诉他我妈的电话,也没告诉他妹妹去哪里了。在选择撒谎时我已经背叛了他,若是再选择背叛妈妈,我就真的成为墙头草了。

之后的一年时间过得很慢,但总归就这样熬过去了。在这期间他说他很想妹妹,连着几天睡不着觉,有时打电话时泣不成声,我回家看到他瘦得不成样子的身体很想哭。实在是不忍心看到他再继续折磨自己,我尝试着劝她和妹妹回来,劝了很多次都劳而无功。最后,或许是她觉得外地始终不是家乡,或许是觉得妹妹初三应该受到家乡较为优越的教育,她带着妹妹回来了。

似是如初。

唯独体验过更糟糕的岁月,才会觉得时光不如意也显得美好。不必再去不是家乡的地方看她和妹妹,不必再体会连去看妈妈都感觉应该拎着水果似是异乡人的感觉。她回来了,真好!

时光都适合珍藏,撩起一片黑夜,和自己对话,告诉自己那些时光需要重新拾起,那些时光需要郑重告别。

末

桃之夭夭，灼灼其华。之子于归，宜其室家。

《诗经》里最爱这句，掬起一抹时光，满是成长的味道。弄堂里的时光都有些陈旧，尘埃落到阳光里，穿过时光黯了又黯的影子，青春支离破碎，又似是安然明媚。

经历过略带疼痛的故事，应该是成长了一些吧。

很多朋友都问过我为什么会对自己拟定的方向如此固执地坚持。仔细瞧了瞧这些经历的岁月，以前每次在失望时都会想到逃离，在害怕时会选择拒绝，在如此几番反复之后我强迫着自己一定要去改变，大概是如今不想再让自己对自己失望了吧！

Chapter 11　异乡

妈妈离开这座城的时光有一年之久。

从兰州到她在的那座城也不远，坐三个小时的客车就会到达。

我第一次去的时候不安的心绪在心房里游荡，毕竟那里不是家乡，有种很是陌生的感觉，思量着要不要带些水果之类的东西，又担心妈妈责怪我还在上学太过客气。在车上纠结了好久，在下车时还是在车站买了好多水果。

每次在异乡都有种似是外地人的感觉，尽管要去见得人很是熟络，依然还是会把对城市的陌生感强加到要见的人身上。在去见欢欢时拎着些水果她有些生气，我笑着说："我们好久不见了，空手来多不好意思。"

其实说真的我们认识这么多年怎么会觉得空手不好意思呢，只是因为在异乡总有一种漂泊感，即使我在兰州这座城生活了三年。

欢欢认真地说："再这样我以后就再也不见你了。"眸子里渗着怒气与湿气，我像一个小孩子一样低着头，突然明白自己犯了一个很严重的错误。

那年去看妈妈时这样的心态尤为明显，温暖的家支离破碎我对她和爸爸有着不自知的怨念，所以在看她时才会想着身在异乡是不是应该表现的客气些。

或许在某个瞬间，我把她当做了陌生的异乡人。

一

从车站下车，给妈妈打电话，她让我坐出租车过来。

车站附近没有出租车路过，走了好久才打到车，师傅很热情。

"小伙子周末放假回家呐！"师傅带着家乡口音。

"嗯，今天学校放假。"我用普通话说。甘肃的方言我基本都能听懂，但是这个地儿的方言我真心不会说。

"外地上学来到咱本地还说普通话？"师傅笑呵呵瞧着我。

"我不是本地人。"没有流露优越感，反倒心脏里流着似是一种很委屈的感觉。

嗯，这不是我的家乡，听不到熟悉的乡音，抗拒感在此时从心底漫延出来。

我拎着水果去看她时，她在绣十字绣，租的房子在妹妹就读的学校旁边，离学校只有一分钟的路程。

半年没见了。她做的饭有些凉了，她起身去热了热。

我打量着这个房子，房子很小，是厨房和卧室连为一体的房子。

因为她离开家乡时没有带很多钱，只能租一间很小的房子。

我妈妈真有勇气，没钱就敢带着妹妹背井离乡。我一直以为她是温室里的花，她一步步地打破了我对她以往的看法。

晚饭之后和她拉着我带着妹妹去参观这座城市，逛着逛着就逛到了当地一家很有名的服装超市。

"你这件T恤旧了，走我们进去给你买件新的。"她直接把我往店里拽。

"不用了，这件衣服还新着呢，而且我很喜欢这件款式。"那件衣服是她在我考上大学的那个暑假买的，我一直很珍视。我当时真的不想进去，因为我确切地知道她此时经济的窘迫，不想乱花她的钱。

"再买一件，你的衣服太少了。而且天气又变热了，这件衣服有些厚。"说罢她就直接把我拉进去店里去了。

二

琳琅满目的衣服，其实我更想说是琳琅满目的标价。

49、99、199、299……不想辜负她的盛情，也不想让她觉得她离开家乡就连给我买一件衣服的温暖都无法赐予，我最终选择了那件价格49的白色T恤，上面印着"阳光BOY"的字样，还有一个在阳光下温暖地笑着的少年，看起来很暖很温馨。

妹妹在旁边安安静静地看着，随意去店里逛逛，盯着一件粉色连衣裙看了好久。试衣服时在镜子里看到妹妹瞧着那件衣服的眼神，心里的难过发酵、抑制不住，眼泪顺着脸颊流了下来。店员在旁边，我连忙拭干眼泪。

"这件衣服很不错。"我朝店员姐姐一笑，大肆夸赞这件衣服很好。

妈妈注意到了我的表情，走到妹妹面前对妹妹说："乖，今天先给你哥哥买，你衣服和裙子还有很多。等到明年夏天了再给你买新的。"

妹妹很听话的把衣服放到了原处，妈妈去掏钱，付款。走出门前我看了眼那条裙子，印着 49 的标签在空间里晃动着，阳光照在标签上，刺眼地在我眼前晃着。

走出门，拾掇好心情，附近找不到银行，身上又没带现金，把这件事随即就搁置起来。妹妹有些不舍地看了眼这个店，我转过头，眼泪又不争气地掉了下来。

在高考语文数学都发呆后走出考场我没有哭，在得知他们离婚时我没哭，在怀疑爸爸对我的爱时我没哭，10 岁之后我只哭过两次，第一次是在爸爸喝醉的那个雨天很想妈妈，第二次是这次看见妹妹那失望的眼神。

前些天给妹妹买了好些零食，想带着妹妹去买衣服时被妈妈阻拦了下来，让我别那么骄纵妹妹。我笑着对妈妈说："我只有这一个妹妹啊，不骄纵她我骄纵谁啊！"随即拉着妹妹走出了家门去街道里逛着商场挑衣服。

其实这不是骄纵，而是我想补偿当年欠她的那一条连衣裙。

Chapter 12　他曾历经沧桑

2013 年的寒假爸爸住院了，很突然。在大年三十的晚上他得了胆囊炎，租了一辆车把他送到了医院。

正是过年的时间，那年我家里过年的气氛挺冷清的，家里就我和爸爸两个人。他想证明我和他过得比妈妈好，于是买了好多好多的吃的，冰箱里根本塞不下。他生病了除了我再没人照顾他，我老爸正值过年不想麻烦亲戚们，他带上我，我们直接就去了医院。

医院里也挺冷清的，整个医院没几个人，晚上街道里张灯结彩霓虹闪耀，噼里啪啦的声音是医院里唯一的生机。我拿着手机，觉得向朋友们吐露家事太难为情，于是在 QQ 上找了几位熟知的朋友的手机号码给他们打电话倾诉这些事情。

生病期间爸爸不能吃其他的东西，只能吃小米粥。我拿着他给我的钱去餐馆里买粥，走了一个个街道，找遍了整个城市，所有的餐馆都关门了。

无可奈何我又走到了病房门口，他睡在病床上，我不忍心看着他饿肚子。悄悄地走出去躲在医院后面的广场里，人很多，小孩子缠着大人放烟花，有的在玩滑轮，抬起头我看了看璀璨的烟火，妈妈的电话打了过来。

"干吗呢，年夜饭吃的啥？是不是和你爸爸一起看春节联欢晚会呢？"

"对啊，我和爸爸在看电视呢。"我打起精神，脸上挤出微笑对妈妈说。

挂上电话，挂念着病房里的爸爸，我收拾好心情买了小米和电饭煲乖乖地回到了病房，我将为他熬粥。在病房外听见医生和爸爸的对话。

"必须要尽快做手术了，不然病情会越来越严重。"

"不行，我不想再麻烦孩子了。做完手术之后长时间需要别人照顾孩子没人照顾。"

我站在病房外，强忍着眼眶里的眼泪，忽而觉得他很可怜，转瞬间又觉得他很值得我尊敬。

第一次燃起想照顾他的念头，那年我还有六个月就 18 岁，马上就成年了。

一

他是一个极其固执的男人，从不认错。

比如说他觉得如果他今天给我买了好吃的，他骂我时我不能抱怨他，因为他给我提供了好的物质生活。

在他眼里尊师重道大于一切行为准则，在叛逆的少年期我根本接受不了这样的处世态度，我一直认为别人做错事我就有权利指出来，不管他是我长辈还是同龄人。我一直想证明他是错的，他一直想证明说是我错了，辩不过我时他时常会说："孩子，你还年轻。"

他把青春当做一种禁忌，我活在自己的年龄里，而在这种固执的思维里，我发觉自己丢失了好多东西。

小学时学校里的老师他都认识，我从不交作业的事情他也有耳闻，时常教育我要好好学习天天向上。自恃聪明的我也没把他的教导放在心里，依然我行我素按照自己的学习习惯去学习。

初中时他经常给班主任打电话，有一次成绩滑落，之后的几天他察觉我随身带着一副象棋，他铁定认为我玩物丧志，把我的那副象棋扔到了垃圾桶里，满是情绪地把我拽出家门。那天已经到了晚上，他把我拽到文化宫门口告诉我这里面都是下棋的，掏些钱想在里面下多久就可以下多久，问我要不要去。我摇摇头，他教育我暂时把兴趣搁置下来好好学习，我答应了他，最后很乖地跟着他回家。喜欢下象棋的习惯那年被搁浅了，再也没有拾起过。

高中时喜欢看各种课外书，他又一次觉得我玩物丧志，反倒是妈妈一直支持我，偷偷给我塞钱让我去买书，他一直在尝试着左右我的意愿，我开始学着表面顺从内心偷偷反诘他。

大学时他告诉我要做一个朴实的人，我依稀有着自己期待的方向，对他的所提出的教条有着一万个不相信。他看我出门时换衣服会生气，看我拿着吹风机吹头发时也会生气。

二

高中时离家出走了一次，也不是多大的事，是我发现我爸在上学路上跟踪我。

当时我满脑子都觉得恼羞成怒，觉得他不尊重我，他说他是为我好，如果发现我谈恋爱或是不务正业可以及时地劝阻。我觉得他打着爱的幌子干涉我的生活，和他大吵了一架后摔门而出。

碰巧那天是周日，出门太过仓促我身上没带多少钱，找了初中同学借了些钱，准备离开这座城市。

那时耳濡目染接触到的最多的是兰州，我在车站想去买去兰州的车票。

"去兰州的车票多少钱？"

"50。"

"啊？这么贵？"我很吃惊地看着售票阿姨。其实不怪我没见过大世面，而是爸妈一切都照料到了我怕很少接触到金钱，身上仅有50块钱，我没有那种孤注一掷的勇气，却也没勇气回家。

在车站旁我租了一个小旅馆，愉快地吃了晚饭之后我发觉自己身上没钱了。

第二天睡醒时我在街道上逛悠了几圈，到了中午有些饿了我就灰溜溜地跑回家了，妈妈把饭做好端在餐桌上，爸爸看我回来一句话也没说，连我去哪里也没有问。

我也没说话，坐在饭桌旁吃完饭回到了卧室。

过了一会儿，爸爸端了一盘水果走了进来："吃水果吗？"

他放低了自己的姿态，那一瞬间我觉得自己特混账。

后来在"知乎"网站里看到了一个帖子，是一个离家出走的少年在异乡的火车站发的帖，后面刘天先生如此回复："找个位子坐会儿，看看忙碌的车站工作人员和提着大包小包来去匆匆的乘客……知道你为什么比他们闲吗?"

为什么呢? 父母承担着生活压力,而我在自己的小情绪里画地为牢。

看着看着眼眶就湿了,无论如何他历经沧桑,我在不谙世事时却对他妄加评论,连他历经的沧桑都不曾了解。

在小学五年级时,爸妈出去打工我一个人待在家里,是爷爷在照顾我。每天晚上吓得睡不着,爷爷给了我一个手电筒,那是我第一次接触到让我可以有勇气的物件。

爷爷去世时,我六年级,回到家之后爸爸哭得很伤心,那是我第一次看见他哭,也是第一次知道我眼里的英雄也会有哭的时刻。

他从小是被奶奶带大的,我记不起奶奶长啥样了,因为奶奶去世时我才两岁。那时家里刚搬到我现在的家乡,据说当年家徒四壁,奶奶的病没钱治疗,很快就去世了,爸爸说起这些事的时候总会喝些酒,喝酒时他这么多年唯一的爱好了。

他不抽烟,更不允许我抽烟,他喝酒,但不喜欢我喝酒。

18 岁我大二,暑假期间我回到家里,家里空荡荡的,他思念女儿却杳无音讯,整天喝得醉醺醺的抱着啤酒瓶度日,他喝醉之后会强迫我表达我不想表达的东西,有一次我情绪爆发对他说:"你从来都没爱过我!"

这话如今看起来真的像是一把匕首一样刺入他的心脏,他眼眶通红,不知道是被酒精刺激还是被我说的话刺激的,他又喝了一口白酒,轻轻说出几个字:"孩子,你没有家了!"

不带一丝的温度,也像是匕首一样刺入我的心脏。

我们互相伤害，都倔强地不想妥协。他在想让我按照他的模式生活时把我当做不谙世事的孩子，在想让我处理家事时把我看做历经世事的成年人。

18 岁我只懂得用批判性思维看待这个世界，没有一点点的同理心。我看到了他的冷漠，看不到他心里的煎熬。

19 岁时有一天他突然走过来拥抱了一下我，眼眶有些湿润。

"对不起，没能给你一个温暖的家。"那天他没喝酒，语气很和蔼，像极了我小学记忆里他的模样。

"没事，你们幸福就好。"我这么想，也这么表达，忍住了眼泪这般告诉他，谢谢他可以站在我的立场上思考，让我真正地放下对他的抗拒。

从 17 岁到 19 岁里，我爱他对我无微不至的照顾，也恨他强迫着我去表达，他没给我做出站在对方立场上思考的表率，我想说服自己却力不从心。爸爸，谢谢你放下了固执让我真正地释怀，也谢谢你让我有机会可以站在你的立场上去看待你曾历经世事的心情。

三

不曾历经沧桑，不至把自己折射到尘埃里去。审判世界，像宙斯一般，傲然、无知、沦落。

少了放低的步骤，因此一切都显得矫作。时光埋葬了落红，零零星星的，我们都一直在这样保持端庄的姿态，以至于依然还在原地。

我还在这里。

不曾远离，遁于时光中，逐渐疏离自己。审视、傲然，卑微到生命中，才体会到生命之轻，时光之重。

　　把自己映射到影子中，躲在阳光的背面，匍匐在地下，聆听微澜的风波。

　　成长是在做加法，成熟是在做减法。我最喜欢的数学运算是清零，学了十几年的数学还是没有学会。

Chapter 13　小镇

那座小镇真的很贫穷，看看我小学时的照片就知道，全身衣服鞋子价格加起来也不超过一百块。

那个小镇里有一座桥，距离地面十米高，桥底下有一条并不宽的小河，幼年时运气好还可以看见鱼儿。

小时候不敢从这座桥上走过，每次都是爷爷背我从桥上走过去，在爷爷病重之后我去给他到医院里取药，第一次过桥时特别害怕，看着桥底下感觉自己站得很高，听着河水流过的声音，风呼呼地从我耳边吹过去，我站在桥中央不敢往前走，蹲在桥上哭了起来。哭得累了，这座桥上也没人经过，我壮着胆子从桥上走了过去。

小学四年级时成绩考得很差，回家害怕挨骂，听说姑姑这几天要来，我在那座桥底下等她，从中午等到下午6点也没有等到，在黄昏光线的照耀下我很忐忑地回到了家。

还是在小学四年级的时候，爸妈吵架都离开了家，我想去学校报名身上却没有学费，看着身边的小伙伴都报了名我坐立不安，又去了那座桥边等爸妈回家，很远处只要一过来一个人我就以为是我爸或者是我妈，逐渐走近之后心情从期待变成了失望，也是从中午等到黄昏，记不起失望了多少次。回家的路上邻居问我有没有报名，我撒谎告诉他们我报名了，甚至还拿出曾看过的四年级下册的语文书背出里面的文章佐证自己真的已经报过名了。

过了几年桥上的铁栏杆被人锯断偷走了，当时走这座桥再也没有当年恐惧的情绪，也不会在桥下面再去等待谁，有时骑着自行车路过桥时也不会推过去，径直就从桥上骑过去了。

那座桥是我童年记忆的缩影，在大一的寒假我从家里往学校走时拍了一张那座桥的照片，在车上看着照片轻声说：家乡，再见。

时隔几年之后家乡建了一座新的桥，很宽，却只是建在了河的两岸，那座旧桥也没有拆，在那座旧桥的映衬下这座新桥显得特别低。

我很少在新桥上走过，那座旧桥承载着我很多的记忆，看着它我才能感觉到家乡的味道。

一

那个小镇里的人有的实诚，有的心思很重，有的八面玲珑，形形色色。

大山养育的人都有着质朴的性格，时常面对大山却也会厌烦大山的质朴，他们都期待能走出去。

走出小镇是一件很让他们骄傲的事情，尤其是在这座教育名县里，让孩子走出大山成了他们唯一的希望。

他们在一起时会时常讨论孩子们的学习成绩，我的成绩时好时坏，聪明的性子却时常表现出来，有一段时间爸妈经常不在家，离开家时他们会把电视搬到他们的卧室里，我晚上会从窗子里会爬进去看一整晚电视，早上从窗子里爬出来去上课，自从那年高考结束时班主任让我爬进窗子去取钥匙时擦伤了胳膊，爬窗这件事在我的生命里再没出现过。

那座小镇的人都过得很安逸，农村的人春秋忙，到农闲季节会出家门搬一把凳子唠嗑，或是在一起打牌娱乐，过年时每一家都买好多烟花，大年三十晚上整天天空会亮好久时间，大人们会聚在一起喝酒，玩得特别尽兴。县城里的人会到早晚广场里锻炼身体，老人们会聚在一起下棋或是唱戏，小孩子玩滑轮看晚会，很是热闹。

热闹归热闹，教育这个词像是烙印一样印在他们的血液里。无论是哪种形形色色的人，对教育这个词也会打心眼里尊敬。

"再苦不能苦孩子，再穷不能穷教育。"这句话在那座小镇里是无比崇高的生活教条，堪比信仰。他们也注定为教育这个词付出沉重的代价。

教育名县——高考状元县，这个名称的得来怎会那么容易。

老师们6点陪我们一起到学校，晚上10点半查完宿舍11点才回到家，他们的教学态度撑起了这个教育名县的称号。

家长们用毕生的血汗钱来让孩子读高中读大学，很多去校外租房子给孩子做饭，费尽心思给孩子报课外补习班，教育的信条在他们的心里其实就是信仰。

二

高一时我们班有一位姑娘蝉联了四次全班第一,据说她每次下课都要去食堂给贫困同学额外开设的自助炊灶上自己做饭,每天下课是都匆匆忙忙地回寝室。

有一次她生病了,家里人很担心,她妈妈从乡下赶来看她,晚上没地方住只能借住在班主任家里。

很多次周末在学校门口看到有家长来给孩子送吃的,拎了一大袋子的馒头、花卷之类的干粮,在校门口站着等待孩子下课,有一次,一位家长向我走来。

"小伙子,你知道×××住在哪个宿舍吗?"他有些焦急。

"叔叔,您的孩子是高一的吗? 高一宿舍楼是在那边第一层。"我指着一栋宿舍楼说,我们学校的宿舍楼层是按年级分配的。

"哦,不是,他今年高三了。"

"哦,高三的都在三楼,您是第一次来看他吗?"

"以前来看过他,他不喜欢我到他们宿舍去,这次来我去外面给他打电话,身上没带钱。"

我带着那位叔叔到宿舍楼里挨个去找他儿子,找了好多个宿舍之后打开一个门,一个男孩开的门,看家这位叔叔之后脸色瞬间变了。

"不是说让你别来我们宿舍的吗?"他关上宿舍门,在宿舍外面对他爸爸说。

我打量了一眼他,染着稍带黄的头发,打着耳洞,穿着很合体的西装。

向那位叔叔告别后我转身就走了,走在路上觉得那小子真是个混蛋。

贫穷真是虚荣心的天敌。他们为了教育背负了那么多的代价，可是有的孩子依然理解不了。

"贫穷不是一种耻辱。"爸爸对我说。

想起这件事，我又记起了我当年对父母的态度，虽说未曾以贫穷为耻，可是也不曾很认真地正视过他们的付出。

五一放假时，我又回到这座小镇里，看了看当年的学校，还是那么的美，看了看自己的父母，身体却一日不如一日了。

时光过得真快啊！

Chapter 14 补习

初中和高中我一直没有寒暑假，每次都是在假期补习。妈妈说前几天打电话说想让妹妹报补习班，来询问一下我的意见，我巴拉巴拉说了一大堆，大概意思是能不补习就不要去了。我小时候成绩中游一直让爸妈担心，那些年关于补习的事情又重新被记起。

初二时英语 150 的总分只能考三十几分，爸妈担心我考不上高中，给我报了一个补习班。

初二的我对玩耍有着极高的兴致，最初以为补习班就是老师带着一群小孩子玩耍，我兴高采烈地跑去上补习班。到补习班里后发现作息时间是 6 点到补习班里，12 点回家，1 点半再回到补习班，直到 6 点，晚上还有两个半小时的补习时间。

这些对于学生时代的我们很是习以为常，重点是老师们在中午、下午以及晚上会考单词，若是背不会就不能回家吃饭，直至背会才能走。

英语底子薄，我对这些规则都有着恐惧，而且他们每天都会举行考试，成绩退步或是没有进步都会挨打，在这些环境的刺激下我的英语成绩直线上升。

前排有着很乖的女孩，好像是我们初中三班的姑娘，那个雨天她打着一把伞从我面前走过，伞上是一个姑娘在树下躲雨，画面很唯美，勾勒起我的小心思。

寒假补习真的是一种煎熬，整个寒假只有四天假期，从大年三十到大年初三，其余时间都要去补习班，路上张灯结彩，行人很多，大家都在购置年货，整个县城都是一种过年的气氛，我在路上拎着个包，作业还没来得及抄，于是加快脚步走去补习班抄作业。

回到学校之后英语老师发现我居然能考及格了，她以为是她每两天揍我一次的教学方式起了作用，对我更是勤加照顾。

英语成绩直线上升的我考进高中，高一时报了数学的补习班，那时我数学学得还不错，报这个补习班只能用来提升我的自信。我告诉我老爸我不想去。

"不行，这件事由不得你。"

高中时我英语又很差，高二和高三爸爸给我又报了补习班。

我是从心底里不想去，那时觉得可以凭借自己的努力把现在并不好的"理综"提高很多分，假期补习英语完全是浪费时间，爸爸给我举了初中的例子。

他的逻辑是：我掏了我的血汗钱，这是我的付出，你去补习班好好学习，那是你的应尽的本分，至于学什么，有先前之例。

那时，我觉得他固执得不可理喻，和他一暑假没说话，我在补习班里拿着数学课本看数学或是拿着同桌的手机看小说，和席恒就是在那段时间里认识的。

高考时英语很差，"理综"也不好。

有一天和爸爸沟通起这件事，他说："对不起，当年我不应该干涉你的决定。"

我的心里也不是滋味，其实是因为当年太叛逆，或许他的选择没有错。

我把这些往事搁置在心里，没有跟他说，给他端了杯茶，在心里偷偷补了一句对不起。

Chapter 15　飘摇

风雨摇坠，尘世里的沙粒混在佛珠里。

楼层里的故事飘摇，在青春里晃荡，一不小心就跳出左心房。

若是天空有生命，它的左边是我的右边，我看着它，它望着我。

青春的视线望着天空，它自由、涣散、美好，沉淀了我诸多的心事。

一

白天看天空是因为想念，晚上看天空是因为寂寞。

太过寂寞，想着若是你此时未睡，应该也在看着天空吧。

刚上高一，成绩倒数第三，没有找到比成绩还差的事儿，我把座位挪到了倒数第一排。他也在倒数第一排待着，和我一般的想法。

上课时，我时常会看着天空，云卷云舒，鸟儿很少从窗子里的那片格子天空飞过，天空是静态的，就像是我把一首歌始终单曲循环一样，我一直在看着视角里的天空，同样的角度。

时常和他比较预习数学的进度，没有当面比较过，只是在数学老师提问时用还未学到的知识去解题，我们都想证明自己比对方优秀。而此时数学老师会很尴尬地站在讲台上，看着我俩用跨越了好几章的知识解这道很简单的套公式的题。

他有着诸多爱好，喜欢笛子，在教室里时常会旁若无人的吹起笛子来。他的字写得很漂亮，有一次我撰文他誊写，我们把一篇情书在上自习时给前排的女孩子递了上去。人家看都没看又传了下来，我感觉自尊心受创，撕碎之后又传了上去，她过了会儿哭着跑出了教室。

我们都一度为这件事担心了好久，结果啥都没发生。在高一谈恋爱还归属于早恋，那年我14岁。

后来他成绩严重下滑，去和班主任申请调座位，或许是因为和我坐在一起没法专注的学习吧。我们在每节课下课都会出教室门到教室外面逛一圈，我习惯走到他身后。星期天的下午我们会去操场打打排球，一个拳头乱打，几乎所有时间都花在了捡球上，我们也会在星期天下午去教室自习，一起讨论数学题。

像是在努力的道路上有人陪伴，感觉不到了孤单。

距离高一的期末考试还有十天我和他闹掰了，我对他说这辈子遇见他都不会和他说一句话，那十天里我没有和别人说话，从四十几名捧了第五名回了家。

之后见过他几面，真的没有再说过话，我对自己很是决绝。突然想起他，就随之记起当年飘摇却带些遗憾的天空，少了些许味道。

二

在我和他之间的故事里还有另一个男生，性格害羞且乖巧。

上课时，我捡起地下的一块砖趁着老师从过道里往上走放到他桌子上，他很紧张地看了一眼把那块砖丝毫未动，似是担心老师回过头，接着我就被老师揍了一顿。

上大学时会联系他，他和我在同一座城上大学，想要和他去喝喝酒说说话一直也没机会。看见他恋爱了，那种感觉就像是好朋友的儿子结婚了一样的感觉，有着长辈的欣慰，同时感慨连他都有女朋友了……

高中时和他一起逛元宵灯会，我猜中了好多个他们只给我了一盒牙膏，走在路上和他说关于上一个男孩的事情，他的座位在我俩中间，只是劝阻我不要把气氛弄得太过僵硬。

我抬头看了看星空，星星很多。"没事，你不用管了，我的天空少他一颗星又不会坍塌。"

嗯，确实不会坍塌，却是多了一股寂寞的味道。

努力的时候自己一个人去教室，整个教室都空荡荡地没有人，实在是觉得索然无味就去书店乱逛，拿起书看完一本接着看下一本。

妈妈在星期天经常嘱咐我早些回来吃饭，我每次看书看着看着就会错过饭点，走在回家的路上黄昏的光线已经消逝了，夜晚还没有来，心里有些着急，也感觉有些意兴阑珊。

偶尔会记起这些遗憾来，已经记不起当年是为了什么和他闹翻了，每次都是这样，我总是会忘记事情的起因，只会记起自己决绝的态度用来在以后打动自己。

打动自己是一件很省力的事情，只需要告诉自己：你看我当年对自己那么差。

只用这一句话就可以。

三

当年级主任还不是那所学校的校长，老校长依然还在。

我和他在高一还没认识班主任时就被系主任把我们的名字贴到一张"大字报"上，因为中午去操场打羽毛球了。

学校管得很是严格，为了保证学生中午有足够的休息时间严禁同学去操场，从操场到学校有着三个巷道，他看到有老师下来撒腿就跑，我跟在他后面连羽毛球都没捡，没想另一个出口也站着一位老师守株待兔。

"为什么跑？犯了错误还不敢勇于担当，现在的学生这点素质都没有吗？"

"不跑干吗？傻乎乎地站着让你们来抓？"我在心里嘀咕。

直接把违纪上升到了素质层面，我们俩就这样出现在了通报栏里。

"解释一下你俩榜上有名的事情。"班主任在课堂上把我俩叫了起来。

"什么榜？"底下同学议论着，我和他埋着头站了起来。

"白榜。"学校把通报单用白纸写，喜事用红纸写。

我俩沉默着不知道要怎么表态，班主任发放手里的数学试卷，把不及格的卷子直接扔在了地上。我讲台上去取试卷时试卷在地上躺着，我从过道往座位上走时把它揉成了一团废纸。

冷静下来仔细想想又觉得自己不可能考那么低，我展开试卷认真校对了一下，发现老师把分数算错了，少给了我 20 分。老师在黑板上讲题，我拿着试卷趾高气昂地走上去告诉老师他少给了我 20 分，他掏出红笔给我改了分数。

"我就说吧，我数学怎么会不及格？"走下来后我拿着试卷向他显摆，很是得意。

在闹掰之后的第二年里见到他，在晚读时遇到，旁边还有着一个很要好的朋友，这位朋友告诉他我上次期末考试考了全班第五。

"第五名啊，这么强？"他有些惊讶地对我说。

对呀，当年一直走在你背后的小男孩有一天也会爆发的，超越你又不是一件很难的事情。

高中三年，当过朋友，做过对手，我一直想要超越他，超越之后却有些唏嘘不已。

青春飘摇，在那些无论作为朋友还是作为陌生人的青春里，谢谢你让我那些年没有很孤独地一个人努力。

Chapter 16　好久不见

　　我固执地拉扯着年轮，努力地想要看清我经历过一个怎样的过去。可是后来我发现无论怎么努力很多事都没办法去看得清澈见底，只能安安静静地把玩着那些碎屑的故事，权当是浓妆淡抹一笔勾勒我们无比珍视的锦绣年华。

　　自习室突然安静的氛围包裹着我对未来的期许，满页不认识的符号悄然侵蚀着我单纯的幻想，初夏暖暖的空气让教学楼前的花花草草都延展出娇颜，我打开窗子闻着初夏的气息，味道蛮像我高中校园喷泉旁的那座花园留给我的记忆。

　　触及高中，势必要触及高考。高中的我上课可以发一整天的呆不被老师发现，可以每天看小说看到晚上两点，成绩虽然不算太差，如此成绩考大学却也差好多。

　　距离高考还有 157 天时，第一次模拟考我 300 分满分的"理综"考了 80 分，看见卷子上鲜红的成绩的那一刻我突然很忐忑，第一次对未来如此焦躁不安。

从每次考了低分害怕向父母汇报成绩，到考了低分觉得前途堪忧，或许这就是成长吧。我们的父母也在逐渐地向我们妥协，从"你怎么这么不争气"，逐渐演变成了"没事的，我们都相信你"。

每天课间抓紧时间背生物，中午挤时间写数学卷子，晚上挑灯夜战，事实证明错过的东西想要去弥补必然要花费更多的代价。可惜的是最后虽然很努力，却没有发生很牛掰的逆袭的故事，我的高考成绩比一本线高出一点点而来到了本省的学校。

很多人都说："这个结果已经很不错了。"

或许是期许太高以至于没有能力满足自己的野心，或许是经历的太少所以足够无知。即使是现在我依然会对自己定下很高的期许，但是鲜有人再陪我年少轻狂。

"她明天生日。"他晚上 11 点给我发短信。

"谁?"我觉得有些莫名其妙。

"你知道的。"又是无厘头的回答，我纳闷了好久终于记起明天是他最喜欢的女孩的生日。

"然后?"她生日又没我啥事。

"你给她打个电话。"

结束了无厘头的短信聊天之后我终究还是打了这个电话，我发誓我这是第一次主动联系别人的准女友。第二天我才记起他俩的生日相差一天，也就是说他的生日是在昨天。原来时间过去了两年，不经意间我又忘记了他的生日。

高中两年，大学三年，不知不觉认识他已经有五年时间了。大学里我们依然在同一座城，两个区不过 40 分钟的车程。

"就是他，五子棋下得特别好。"他指着我对别的同学介绍，那时高二的我刚被分进这个一个人都不认识的新班级，不小心听见他向别人这么介绍我，瞬时就觉得他是一个可交的朋友。他说了三次他的名字我才记住，高三时我住校我们同寝室于是便彻底熟络起来。

高三临近毕业时班主任在宿舍发现了一个烟头，于是把我们宿舍的同学一起叫到办公室里，在班主任的威逼利诱下他和富哥一起站了出来承担了全部的责任，我很孬地躲在最后面只是觉得当时的他帅爆了。

他是一个在任何情况下都可以找到别人的优点然后不吝夸奖的人，有一次我数学考了全班最高分，他立马叫我"数学天才"，于是这个名号不胫而走，背负着这个名号的我在大一考高数时挂科了，至此之后这个名号就彻底消失在青春里。

我把很多人称作朋友，因为我想要融入他们的生命里。我把有的人叫兄弟，因为我坚信我会一直存在在他们的生命里。

高中三年，他是我眼里的好学生，我自认为自己是内向的乖学生。大学三年，他是公认的坏学生，我是一个差学生。

啤酒喝了一打，凌晨还在城市大街上晃悠，我们终于离开了父母，过上了没有约束的生活，有些欣喜，几笔墨笺画了年华，青春被缄默后我们逐渐变得无所适从。对于未知，每个人都有着不愿意承认的恐惧。

在街道一家服装店门口的台阶上，他抱怨着当初要好的几个兄弟到这座城四五天之后才给他打电话，我苦笑了一下：我从未接到过他们的电话。他有着心爱的女孩，追了好多年依然没有追到手，酒醉之后拨通她的电话吐露心事说得迷迷糊糊，我在一旁看着，有些羡慕喝醉了的他。因为喝醉，就会放下所有防备，开始认真地对待。

在时间面前，每个人都会变得恍惚却坚持。他挂了好多科，重修了好多科，大学似乎很难毕业的样子。我逃了好多课，成绩 60 分的好几门，大学似乎毫无所获的样子。

我们总是用一些东西，来证明自己存在的价值，证明的过程里，似乎从不考虑这价值所附有的含义是褒还是贬。

我问："下学期要不要我过来陪你一起上自习？"

他沉默。

那些年一起玩闹的兄弟，都没有再好好地联系。恍然觉得成长是时光赋予青春的一场玩笑，落幕，我们恍如陌路。

"孤独是一场一个人的旅行，在这场追求共振频率的旅行里，不在同一空间的感情，终究会变成一场玩笑。"

当晚的微博这样写着。我不知道是我变了，还是我们都变了，或是世界已经变得不是我们起初预想中的那个样子了。

他说这个大学上得好难，我也觉得大学过得好难，没有人和我一样用同样的力气去追求同一个目标，我们在孤独中煎熬地寻找方向，或是最后连方向在哪边都不知道。在这场竞争里，我们连在哪里都不知道，更不用说是看见哪里是终点。

大学后，在家乡很多次的早晨 8 点，我们才从网吧出来。如此叛逆堕落，我明白这不是我想要的生活，也明白这不是他想要的故事。他走向北边我不知道他到哪里去，我走向南边去回家睡觉。

很默契。

　　"那些年你总是一个人担当着你的故事，我总是一个人承受着属于我的孤独，我们是兄弟，所以无论生活过得叛逆或是不如所愿，我都希望我生命中属于他的故事安然明媚，就像是盛夏照耀我们一起度过单调却充实的高三那年。"

　　我不知道很多年以后记起你会用怎样的词汇，我附和着你的故事尽是感激，感激你教会了我怎样对待朋友。你静默地听着我的故事我不知道你是什么情绪。

　　亲爱的流年，好久之后请让我们不要散。

　　旧时光，好久不见。

Chapter 17　时光羽翼

高中时宿舍号是 333，离开这个宿舍时我说我不会忘记咱这个宿舍号的，时隔三年果然还记得。

宿舍里有 10 个人。人多有多的好处，如果和其中五个人吵架了还有其他四个人，不像是在大学住的六人宿舍，和五个人吵架后会全军覆没，想找人说话都找不到。

这个假设只存在我的臆想里，我没有那种天生和人格格不入的禀性，尤其是在上大学之后性格更加内敛，偶尔脾气爆发也会立马去道歉，倒是在高中时还有点矫情的小脾气，幸运的是遇见的兄弟都很包容。

我想把故事写成小说，却不知道从何处开始。

一

高考下午考英语时我已经有了一种似乎解脱了的感觉，英语成绩总是在 60 分左右徘徊，已经给不了我太多的期待。英语考试结束之后，我拖着万里和我一起去玩。

晚上 12 点，学校宿舍关门了，也不想回家，没地方去我和他在街道上一家店门口的台阶上坐着，聊了聊高中的往事。困得不行了，去宝宝租的房子里避难，很多同学都在。

第二天我通宵查理想高校的资料，第三天去学校处理各种琐事，对对答案估一下高考分数，偏离预想有些远，回到宿舍后我抱着书去楼下卖，搬了五次才卖完，把记录心情的笔记本也当做废纸卖掉了。

三天没睡，身体熬到了临界点，然后我大病了一场。

嗯，毕业了。

这么快就毕业了。

二

刚进到这个班级时我穿了件白衬衫，阳光洒在我脸上，也是在夏天，时光温暖得不像话，可是没有女孩子对我告白。

应该是 8 月的季节适合丰收不适合恋爱，我又把座位调到了倒数第一排去表现自己和那些所谓的天之骄子不一样。倒数第一排，那是一个很神奇的地方，看小说看着看着侧眼看一下后门的玻璃就可以看到班主任的金丝眼镜，和同桌说话笑着笑着侧眼看一下后门的玻璃又可以看到班主任的金丝眼镜，假装讨论学习偷偷在方格纸上下五子棋侧眼瞄一下后门还是可以看到班主任的金丝眼镜。

一周之后，忍无可忍的班主任把我们最后一排的都叫出教室，狠狠地说教了一番。

"老师的金丝眼镜太吓人了，已经给我留下心理阴影了。"我向同桌韩文斌吐槽。

"就是，班主任的眼睛像死鱼眼一样，"他立马回应，我和韩文斌就此熟络了起来。

很是奇怪，在初中和高中还没有熟络前大家都小心翼翼地说话，生怕旁边坐着一个"间谍"，而在倒数第一排大家开玩笑都很随意，这应该是倒数第一排的魅力吧！

他各科都和我一样烂，唯独英语甩我几条街，上课时英语书在课桌里放着，课桌上只拿一本《疯狂阅读》，英语老师走下来他也拿着《疯狂阅读》在看，英语老师刚毕业，像个小姑娘一样，几番询问之后没有教训他，反倒把自己说得面红耳赤的。那时的我也喜欢玩闹，英语老师叫我上黑板写单词，16个单词我只写出了一个，有一次还把泰戈尔的诗用中文写出来给韩文斌，让他请教英语老师用英语该怎么翻译。

蓝色信纸上写着："世界上最远的距离不是生与死，而是我站在你面前，你却不知道我爱你……"英语老师拿着信纸，脸瞬间变得红扑扑的。

三

过了几天时间，待我彻底适应了这个班级之后爸妈商量让我去住校，让我去提前体验一下住校的生活，以免上大学之后手足无措。

拿着被褥的我走进了宿舍，手忙脚乱地铺好床单。在爸妈长期的溺爱下我像是一个小少爷，带着宿舍的暖壶去楼下打水得知要一下提四个壶时我当场惊呆了。

没有生活经验，我把两个手柄放在一起，提着壶就要往出走。

"把有手柄的一端放在外面。"韦彦康躺在床上，放下手里的生物书给我传授生活经验，笑得很温暖，很有善意。

"哎，你怎么连这点生活经验都没有。"我听从他的经验之后他和我开玩笑，那时的自己还没有放低自己陪他们一起玩闹的心态，没有言语我直接走出了宿舍门。

高中是青春，大学是尝试。在我性格最差也最真的时候遇见了他们，想想真觉得幸福，而在大学里慢慢学会了适合自己的姿态，不会刺伤别人，却再也没高中那般可以让人一眼看穿自己的心思的率真。

我履行着让自己保持真诚的原则，在言语时会思量得失，选择性地表达出自己的真诚，再也找不到当初那般恣意的感觉了。他和我大学也在一个城市，经常见面，经常联系，也许是因为当初最任性的年华让他见证过，所以真的不舍得丢掉这般兄弟。

"这周过来不？"

"有些忙。"

"哦。"

我们打电话时经常短短的几句话就把电话挂掉。有些人你不需要长篇大论去维系感情，有些事他们也不会来向你要一个解释，因为一起度过了最珍视的时光，所以不怀疑，不抗拒，偶尔联系，偶尔记起。

四

刘刚的床位在我旁边，晚上他会说他喜欢的姑娘，我在一旁听着他说着悄悄话，更多的是晚上熄灯之后我在看小说，他在看小说。

他看小说是被我传染的，高中生活很单调，看小说是我每天的乐趣，他看我每天不务正业起先是谆谆教诲，后来在我的策反之下他也看了一本小说，自此一发不可收拾。我告诉他我一般一本小说一晚上就翻完了，他对我所说的看书速度一直持怀疑态度，毕业好多年了，只见到过一次，而且匆匆忙忙地忙着叙旧，也没有当面向他证明过。

到高三下学期我们突然变得有些紧张了，每天看的小说换成了教科书，晚上开着台灯通宵作战，在那个我们一起努力的过程里我一直不理解他对大学的专注性，觉得他目的性太强，偶尔也太过计较，他不理解我对未来的散漫，觉得我性格内向天生悲观。

刚考完试我们一起在操场上走，数学明明唾手可得的几分从指缝中溜走，想想自己"理综"很差，英语很差，语文发挥不定，数学又考差了，越想越悲观，甚至觉得自己是全班倒数第一了，那天在操场上走了很多圈，向他大肆吐槽自己内心的苦闷，结果考试成绩下来：全班第五。

他看到成绩的第一眼心里一定会觉得我特虚伪：明明考那么好还装差学生。

我一直不知道自己处在一个怎样的位置上，天生悲观，什么事都往最差处料想，也许正是因为如此，我才会有兴致潜到时光深处，去把玩这些经历，看看我经历了一个怎样的过去。

五

富哥是我上铺的兄弟。

他的学校在我学校的旁边，走到他们学校用时也就十分钟左右。

前些天给宿舍同学过生日，逛着逛着就到了他们学校门口，拿出手机想打电话叫他出来叙叙旧，突然记起他毕业了，一种莫名的感觉在心脏里游弋，很是难受。

其实我们在高中三年里没那么熟悉，尽管他座位也在倒数，尽管他和我在一个宿舍，尽管他早上起床会放我高中最喜欢听的《海角七号》，尽管蓉妹妹生病我们会一起去校医室里看她，可是我们真的没那么熟悉。

在大学之后兄弟们会隔几周聚一次，喝酒时他很是豪爽，直接拿起一瓶一口就喝完，隔上一小时就趴在桌上了，每次刷空间都会看到他照片里一打一打的空啤酒瓶，几乎每天都会看到。

有一次，一起喝酒他喝醉了，告诉我们他和我们一起玩会觉得很有压力，因为在一起玩闹的兄弟只有他不是大学生。

清楚地记得那天啤酒杯里的酒黄得有些发旧，杯子里的泡沫等了很久还没有消下去。我看着他心想：怎么会呢，不就是大学生的名号么，又没什么了不起，我们一起度过了那么难忘的高中生活，怎么会因为"大学生"这三个字变得疏离？

那天过后，我开始把他当做兄弟。

有些人如果不珍视，就是对年华的辜负，他就是我定义的"有些人"中的其中之一。

想来也奇怪，大抵是高中时你每次玩闹都笑得太过放肆，大抵是我们从没交心，大抵是你喜欢一个人去操场跑步我喜欢一个人去宿舍睡觉，所以我们有很多机会靠近，却把这些机会一一避开。而大学你只是偶尔吐露一下你的心思，我就会把你当做很可交的兄弟。

我真的是一种很奇怪的动物。

六

其实我们宿舍也并非那么团结，平时也会分成几个帮派。

看小说的是一个派系，学习的每个人都自成一个派系，玩世不恭却还没放弃高考的是一个派系。

之上还没描述的三个人都在第二个派系里，性格迥然。

师正平是物理特别好的男生，性格有些孤傲；志文特别乖，乖到平时不说一句话；亚峰是一个性格很乖的乖学生，比我还乖，他在高考完的那个暑假里滴酒不沾，每天宿舍有人吵他会嚷嚷几句，他总是黑着脸想表达自己的不满，却在我们看来显得很可爱。

高二的期末考试我们宿舍的孩子都考得一塌糊涂，对第二天即将要考的英语也是毫无信心，晚上我们拿起台灯准备通宵玩耍，耗到凌晨两点时还特有兴致，可是我们几个的充电台灯都没电了，借他的台灯时他的脸又拉得好长。

现在想起都有种想要揍他的冲动，那是我第二次想揍他，第一次是有一天宿舍打水轮到我了，我忙着回家吃饭就忘记了，晚上没水洗脸他挤对了我几句。

错在我，那时我的脾气蛮大的，我一摔宿舍门走出宿舍准备回家去睡觉，出校门时发现校门锁了。

在宿舍楼下徘徊了几分钟，乖乖地回到宿舍。本来准备回宿舍就向他道歉的，可是当年面子太薄不好意思，回到宿舍之后我冷着一张脸，他恬着笑过来道歉，当时觉得他好帅啊！

嗯，他那时确实挺帅的。

他身上有着我们家乡质朴的气质，有话就说从不遮掩，敢于自嘲也敢于放低自己。

高考完他去补习，和韩文斌租了一个房子，我大一时去过一次，他做的饭挺好吃的，有做"家庭煮夫"的潜质。

每个假期都会见他一次，他也时常用当年那件事来取笑我。我在心里想：嗯，当年我确实挺幼稚的，你却陪我一起幼稚，你当年也挺幼稚的。

谢谢他当年的包容，让我在回忆起这些事时没有抱怨，全是感动。

末

宿舍是一个小江湖，离别会把感情深藏在时光里，有一天不经意地翻出来，瞧瞧那些曾一起经历的岁月，必是满心欢喜。

时光里是温情，时光外是成长。

Chapter 18　她说北极星在南边

有一种告别是你以为举办仪式之后不会再见，时光却总会安排你们不期而遇。欣喜和幸运都无法表达再见时的情绪，你所能做的只能是再安排一场仪式与她告别。

很多人的青春年华都埋葬在学校里，我也是。

和妍多年不见，她得知我寒假在家时邀我出来玩。路过高中校园，妍说想进去看一看，我陪她走了进去，还未走几步就被门卫叫住："去干吗？"

我撒谎说我们进去找老师，他拿出手机问我找哪一个老师他给老师打电话核实一下。

我愣了几秒钟，之后拉着妍尴尬地走出了校门，妍掏出手机想找认识的老师通融一下带我们进校园。高三的孩子们还未放假，我不想去麻烦老师们，最后不了了之。

临行，妍看了看校门，有着些许不舍。

高中时英语老师曾开玩笑道："清明节我们应该到校园去一下，因为那里是我们青春埋葬的地方。"那时我坐在窗边，手里捧着一本《花火》，看着书中描绘的故事，眼角的余光扫向窗外的天空，窗上的玻璃很清澈。她说那句话时，我不以为然地继续翻着书页。

英语老师长得很漂亮，漂亮的程度可以这样比拟：我的英语成绩和她的漂亮程度呈反比例函数。

妍的英语很棒，语文也非常厉害，古诗词的意境描绘得浑然天成。我们有着很多相同的爱好，比如五子棋，比如都喜欢写写文字，比如都喜欢成就完美。成就完美是对不完美的东西不眷恋，舍弃时毫不犹豫；追求完美是对不完美的东西有执念，丢掉时会心疼。

她叫我哥，很多次下五子棋时我们打赌谁输了给对方买糖，柠檬味的阿尔卑斯。我喜欢柠檬这两个字，青涩而明媚；她喜欢柠檬的味道，纯而不媚。

她的性格很敏感，在我们都有着尖锐态度的青春里这样的女孩人缘总是不太好，因为在这样的女孩面前，你的每一句话都要说得小心翼翼。不过幸好时光会磨平每一个人的棱角，对于和别人相处，时光会教会我们适宜的方式与态度。

她生日时我买了一个音乐盒送给她，我的笔记本里写下的东西她会拿去看，还回来时我们会很默契地相视一笑，因为我知道笔记本一打开后面的一页总是会附着她写的东西。

"或许北极星在南边，她在你视线的北边，她迷路时习惯朝着你的方向，看着你发梢所指的天空。"字体娟秀整齐，看得出她在很认真地写。

青春时光过得匆匆留不住几点念想，毕业那天我穿的白衬衫被同学们的签名弄得乱七八糟，在那些任性而唯美的岁月里，我们没有必要刻意地去珍视年华，它自然而然地成为记忆里逃不脱的空间漏点。

高考完的我还在纠结我高考时语文一道五分的题没有写而失去了与130分交臂的机会，模糊的记忆里似乎记得他们纠结是不是应该在明天去向喜欢的女孩表白，高考完我们似乎解脱了，似乎可以放肆地追求我们梦寐以求的自由了。

我的高中生活就这样结束了，结束在每一个少年的心事里。

大学一年级，我记起有个敏感的女孩子叫我哥，她喜欢柠檬味的阿尔卑斯，我不知道在以后的年华里会不会再见到她。大学二年级，高中同学的聚会她没有来，我依稀记得我们有着相同的爱好，有着差不多的性格，突然觉得有些可惜，可惜我们没有再联系，偶尔也会觉得庆幸，庆幸当年我们一样的敏感却依然关系很好。大学三年级，我以为年华是一封无效信，在这封无效信里期待变成了无理取闹的思绪，时光却让我们不期而遇，有故事，没有结局。

你有你的故事或是明媚，我有我的天空它偶尔落雨，青春如影随形我不知道我们的故事会不会再交织，偶然间想起你，你或许会成为我的心事，或许会成为我期待再遇见的那个人。

再见，少女少年。

Chapter 19　如果懵懂变流年

再见到的人或许还是当初的样子，可是记忆却早已和过去的她告别，有的人慨叹，有的人怀念，可是感激或是恨意都无法投注到过去的时光里。我想让时间过得慢一点，让我有足够的时间去认真地揣摩你的欣喜与难过，我相信这一次再遇到你，或许就不会再告别了吧！

做完兼职时已经晚上 7 点了，天色带着些许黑色素点缀着灯光笼罩的城市，站在挤挤的公交车上看着车行驶过一站又一站，身边的人都不熟悉也听不到熟悉的乡音，蓦地有些怀念曾经在那座小城的时光。

十几年前我还在读小学，从农村里走出来第一次接触到色彩斑斓的城市，我用充满好奇的眼神打量着这座城市，感受着城市的温度，感受它的早晨，它的午间，它的夜晚。

我们在城市里体会着朝阳的温度，我们把那种温度叫做梦想。我们在城市体会着黑夜的温度，这种温度我们称之为彷徨。唯独可惜的是城市是没有黄昏的。没有大山遮挡太阳的朦胧的光线，没有余晖慢慢落下的悲伤与温暖交织的纠结，没有夏天闷热却闲散的生活节奏，没有闲情雅致去体会夕阳偷走光阴的心绪。

那座小城给了我城市给不了的黄昏，也赐予了我一个温暖的童年。儿时的我颇有些淘气，最不喜的便是写作业了。第二天老师检查作业时我总会说出那句："哦？我忘带了。"

幸好我成绩不错，老师也不会太过责怪。可是谎言终究抵不过事实的侵蚀，老师们也不可能一直放任我，于是我每天都起得早早的，欢欢坐在我的后排，我每天拿着她的作业抄得不亦乐乎。

欢欢是我儿时的玩伴，青梅竹马般的存在。

如果用两小无猜来形容记忆里的斑驳，剪辑的碎片记忆单纯得像是水晶一般。她的语文水平很棒，幼时每次语文作文本发下来时我总和她比谁的成绩更高。初中毕业她去技校学习，之后去外地打工，我平平淡淡地一直上学直到现在。

五年级时我跟着爸爸妈妈离开了我所在的学校去别的地方上学，没有和她告别。七年时间，相遇无期。

多年之后问她当时的心情，她说我以为之后还会再见，我会有很多话想要对你说，只是没想到那一次再见，就真的再见了。

一

从初中到大学我一直遵循着所谓的人生假定，在初中时假定要努力考一个优质的高中，在高中假定要努力去追寻优质的高校。我不知道我是否应该遵循这些所谓的人生意义，却和他们一样都在独木桥上行走。

到了大学里对这些假定都怀疑起来，整个青春都是如此单调显得生活过于荒诞，在对环境与对自己的大幅度怀疑之下，我准备拾起以前错过的时光，偶然地得知了她的电话号码。

有些犹豫，却逼迫自己去勇敢一些，在恍惚的坚持之下我拨通了她的号码，她的语气热情得让我有些不知所措，还是当年一般的笑声，清脆如银铃一般的感觉。周围太吵，她还在加班，简短地聊了几句便挂了电话。

"咦，是你啊！"熟络的语气说着简简单单的话语，撩起了我多年前很是熟悉她的心思。

晚上回家后噼里啪啦在手机里输入重新出现在她生活里的心绪，使劲戳着手机屏幕表达自己的欣喜。她说在当年我不告而别时觉得心里空荡荡的，没有一点点学习的动力。

不告而别，实是年龄太小不懂得如何告别。

我在她空间留言：我愿倾我一生，换你十年天真无邪。

她到兰州好多年了。有一天她发短信说她要来看我，我看着短信里短短的一行话，想控制却抑制不住的欢喜。

见到她时忽而觉得她变漂亮了许多，在她面前有些自惭形秽的心思溢出左心房慢慢表现出来，我像傻瓜一样傻乎乎地笑着想要极力地表现自己的不拘谨，把买的早餐放在桌上时看见自己的手有些颤。

生活一直重复着遇见离开再遇见的捉迷藏游戏，在这场游戏里，我特别害怕那个再遇见的环节，我怕我遇见的人儿不复当初的模样。再遇她，七年不见，我离开她的故事好多年，已不敢轻言她是变了还是没有变。

在这寂寞环绕都沉浸在自己的故事里的岁月里，没有人去理会别人的忧伤，我们在这样的环境里习惯了把忧伤藏起来，只是希望能在别人的故事里留下些许美好的记忆。我没有那些年你经历的辛酸，只是看着你描绘的美好，连安慰都还没学会；你看着我在大学的安逸，或是羡慕。我们谁都没有秀自己的优越感，可惜年华让我们不知不觉地让我们的心境变得不复如初。

不是陌生，不是优越，不是害怕，不是紧张，不是忐忑，我们都只是在试探面前这个似乎熟悉的人是否还是多年前我记忆里遇见的那个他（她）。

坐在草坪上我点着一支烟，她偶尔看看天空，嬉笑着说起好多她这些年的经历，大多都是生活得有多幸福与幸运，我听着有些心疼，年少在外闯荡的经历能有多少欢喜？

那时我的心情很像顾城在写：你，一会儿看我，一会儿看云；我觉得，你看我时很远，你看云时很近。

二

她说她时常胃痛，我笑着说让她好好照顾自己。

很多次我特想去看看她，想去看她生活是否如意，想去看她胃痛有没有好些，终究在冲动里冷静了下来。我怕见面时沉默却佯装欢喜的她一直寻找话题化解我的沉默，友情没有输给冷漠，却输给了年华赐予各自的心事。

每个少年少女在时光里总是找机会证明自己存在的意义，在别人的故事里喧闹，在自己的故事里沉寂。黑夜里，两个自己在交织，以至于自己都纠结哪一个才是真实的自己。我们在迷茫中寻找最优解，却忘却了在自己的这个年龄很多东西都无解，以至于在青春里继续迷茫。

她有一个QQ群，因为我任性的胡闹已经解散了。看到她用五年时间建立的用来联系的空间被我用我的任性撕裂得支离破碎时，我明白我伤害了一个我珍视的人儿。

我说："对不起。"

她说："对不起。"

我其实想要她一声"没关系"，我不是被偏爱的，所以没那么有恃无恐。

不是每一句"对不起"都能换来一声"没关系"，因为包容，因为偏爱，有时也会换来一句"对不起"。

我对不起的是我毁了她的交友圈让她难过，她对不起她认识的人儿这一次让我心情不好，对待友情我们孰优孰劣，一眼就可以看出来。

我以前总是偏执于我们心跳的频率是不是一样，我们对世界的理解是不是相同，然而忘记了有些人在我的生命里有权利存在于我制定的这些规则之外。

在同一座城，我偶尔去她那里蹭饭，她会了解我大学里正在做的事和努力的方向，我也会去询问她辞去工作正在规划的未来，七年时间的疏离，现在又重新去靠近，时光是一个很美好的光影。

她要订婚了。

她告诉我时真替她欢喜，噼里啪啦说了很多祝福的话语，她在电话旁听着我在表达的祝福。

　　我也做好准备去长大了。

　　两小无猜是一个很美好的词汇，干净，简单，附注着最单纯的心事。我见证过你最单纯最无知的年华，所以你的每一点成就我都会觉得让我欣喜。而我最期待的是终有一天，你比世界上最幸福的人还幸福。

Chapter 20　陆止于此，海始于斯

我一直认为"陆止于此，海始于斯"超过了"天涯海角"诠释的意境。

因为前者纠结了我对两样东西的恐惧，一个是起始的融入，一个是最终的终结。我有着对未知的恐惧，也有着对结束的迷茫。而把这些融入感情里，无疑是带有认同感的。

陆止于此，海始于斯。或许每个人都期待到这样一个天涯海角的地儿去旅游，旅游不是我们对时光的放纵，而是我们对生命的感激。

雨嘀嗒嘀嗒敲打着伞，车窗的玻璃被雨滴修饰得朦朦胧胧地沾惹出几分浅淡，路上行人的脚步比以往多了几分匆忙，前方也是雨，我不清楚他们走那么快的目的，就如我不知道这辆车在开向哪一个方向，更不清楚它行驶到什么终点。

冬天下着小雨的天气在这座城并不多见，我生活在这里多年感受

着四季带给我不一样的心情。多年前我和小五一起来到这座城的时候是暮夏，天气朦朦胧胧也下着小雨，我们用心感受着这座陌生的城市赋予少年的不安全的感觉，转悠了好久之后我们一同笑着说："所有的城市都是一样的。"

对的，所有的城都有着相同的要收费的景区，我们囊中羞涩进不去；有着相同的很高端的饭店，整条街都飘着美食散发的香味，可惜我们只能路过；有着电影院放映着最新的大片，也有着路边摊琳琅满目的各种特色美食，它们无一例外地透露出一个信息：有钱就来吧。

十八九岁是一个尴尬的年纪，我们花着父母给的生活费，安心抑或是不安心地看待着自己的忐忑不安。我们上着差不多的课程，学着差不多的专业，看着很多人过着和自己一样的生活，心安理得。很多人都问你们有什么梦想，于是我们考虑着应该给自己假想一个梦想，以至于看不清未来，也迷茫了现在。

尽管如此，我和小五依然雀跃地感受着这座城市，我们从未到别的城市去过，终于可以逃离那座生活了快 20 年以至于可以细数每条街上有几家店铺的城市。车行驶到这座城的时候是在晚上，我身上一共 10 块钱，我买了两瓶水，和小五坐在天桥阶梯上笑着喝着饮料，看着灯光闪烁的城市，小五说："三哥，你相信吗？未来这万家灯火总有一处是属于我的。"

我拿着饮料瓶碰了碰小五的饮料瓶，我说我信，他咧着嘴笑得很开心。

小五今年大三，我也是。我们在大学里追逐着不同的方向，见面只是笑笑擦肩而过，我却懂得我们之间并没有生分。因为大学包容了各种姿态，可以堕落，可以努力，可以多摔几跤练就一身硬实的盔甲，也可以安然地生活选择丰富自己的知识。大学的魅力在于无论怎样，你都不会摔得很惨。我们不在同一个频率上努力着，等我们适应独自努力的孤独之后，我们依然会如从前。

下午的时候下雨了，我背着书包，出去体会体会这座城冬天的雨。我坐在车上，看着窗外。

公交的终点在这座城的郊区，没有霓虹闪耀的繁华。

走了会儿到了一个酒吧门口，灰色的格调散布着夜的魅惑。我点了一瓶啤酒，坐在暗暗光调的沙发上从书包里掏出笔和纸，记录着这一路的见闻。

晚上 10 点，客人们都走得差不多了，整个酒吧就那么几个人。

旁边桌一群人在掷色子喝酒，喝的脸都红扑扑依然很兴奋。右侧一个小姑娘喝着闷酒，一杯一杯地直接往下灌，或许是刚刚分手。前方的俩小伙子一个低头玩着手机，一个给女朋友打电话说着情话。

他们在这里直视自己的心情，毫不妥协。

"旅游的意义是什么呢?"欣儿曾这么问我。

"你可以遇见很多人。"我想了想这样回答她。

"可是你在学校也会遇见很多人，为什么要出去呢?"

"因为我可以听到不同的故事，看见形形色色的人是怎样生活的。"

"在学校也可以啊。"欣儿用迷茫的眼神锁定着我的表情。

"学校只能看到少年的生活。"

我明白我是在搪塞她，牵扯到意义的问题很难有一个确定的回答。我们一直在证明自己存在的意义，在这样的自我证明里，常常会丢失自己。

我告诉自己，一切牵扯到意义的问题，只有一个答案，那就是接纳自己。

接纳自己的欲望，接纳自己的心情，然后成长。

很多少年都在追寻自己存在的意义，对于这个世界，每个少年多多少少都有着自己的态度。我们抱着认知的姿态去接纳这个世界，或是抱着征服的姿态追求这个世界带来的浮躁，可是与此同时，他们都和我一样忘记了接纳自己。

接纳自己不是对世界的妥协，而是对生命的感激。

如果可以，在成长之前，在批判之前，在抱怨之前，或许我们可以先和自己对话，再和世界交谈。

Chapter 21　她曾经也悲伤过

记不起去联系谁，不知道对友情怎样对待。想来也许是我们一直不曾尝试着靠近，所以在不经意间将这种淡如水的情愫维持了这么多年。

上一次联系她大抵说了四件事：准备考研可是英语太差，目标还未确定，专业课还是没学好，现在依然很努力。她用很轻松的语气鼓励我说："继续好好学习。"我和她很熟悉因此我能体会她语气里流露出的真心，若是在别人用如此鼓励的方式我必然会以为是敷衍。

也许在她眼里我是不需要被认真鼓励的，因为我无论怎样都会朝着我的目标行进。偌大的城市，时隔三年之后，我认真地在这里踮着脚尖使劲地去触及我的梦想。

联系完她，挂完电话，忽而觉得有些无所适从。从高一到大三，时间说长不长，说短不短。在这六年的时光里，感谢时光没有错乱，让你我恰好遇见。

她是我认识了六年的蓉妹妹。

年少时以为开心是最美的情绪，觉得悲伤是最糟糕的心态。年纪稍长时透过风尘俗世我们慢慢地学会接纳，从拒绝悲伤到接纳它，我们终有一天会和当初天真的心态告别。

我对她记忆最深的时光是高中，在高一遇见她，她每天开开心心地笑着。我高一时成绩差得离谱，以全班倒数第三的成绩进了所在的班级，她成绩很棒，作文写得气势磅礴。我一直以她作为榜样和准备超越的对象，高一时我的语文成绩一直在一百零几分徘徊，她的语文成绩一直是一百二十几分。

其实高中的我蛮喜欢语文课的，上课昏昏沉沉的我在上作文课时立马精神起来。我撑起双腮坐在座位上等着老师读范文，每次老师都把作文写得最好的一篇当做范文给大家读。

年少时总想证明一些东西来证明自己真的很棒，和别人不一样的是就算是没有人认可我，我依然会保持着那份自信。感谢当年"恬不知耻"的心态，让我可以坚持每天记录一些心情直到现在。

人生的路上会有一些人试着鼓励你，或许是他们真的觉得你很棒，或许是他们鼓励别人已经成为了一种习惯，不管是哪种原因，青春的路上能遇见一个人能对你说"你很棒"，她就是你值得珍视的人。

就像是我当年遇见的她。

我喜欢她微笑时的模样，看见她的微笑时我会感到生活没那么糟糕。

遇见她最多的地方并不是在教室，而是在学校的校医室里，每次得知她感冒在校医室打吊针我都会在下课时过去陪她，看着阳光洒进窗子印在白色的病床上，看着她微笑着看着书或是睡着了，我会感觉生活是美好的。

那时我想或许如此快乐的她不知道悲伤是什么东西吧。

学校里有一座喷泉，那儿记录了我很多美好的校园时光。记录了我对校园情愫的懵懂的印象，记录了我看着花开花落的心情，记录了我对成绩的忐忑，记录了我对高考的自信。在喷泉旁的花园里我信誓旦旦地对她说："还剩三十天就高考了，我一定会在这剩下的几天里把成绩在高考时突击进一本线的。"

她当时用很理所当然的口吻说："当然，你肯定能做到。"

那种口吻让我感觉她比我自己还相信我自己。

转角遇见她，我的手里捧着一本厚厚的物理题库，我告诉她这次物理没考好，所以准备疯狂的做题，在高考前做完这本题库。我当时是在开玩笑的，两千多页，做两年也不见得能做完它。她很认真地说："你那么棒，我相信你。"

年华把青春缄默成记忆，很多年后记起，发现自己如今很少再那么认真地对别人说过自己的野心，也没有一个人那么认真地说："我相信。"

好多次她都那样的相信我，我一直努力地证明我值得她相信。在青春年少征服成绩的岁月里，我表面的自信掩盖了我的自卑。或许那时的我并没有那么的自信，幸好她给了我勇气。

学校组织过一场运动会，烈日骄阳晒得操场冒着热气，她在校医室里听着操场喊加油的声音。我在操场玩闹了一会儿之后去校医室里陪她，她一如既往地安静明媚。输液的瓶子一滴一滴地把青春变成了印记，耳麦里播放着歌曲她看着校园里夏天的时光，这些风景交织在一起她的乐观点缀了我对青春的态度。

　　初上大学时联系她，玩闹之余她告诉我她的高中时光有些悲伤，在病房里看外面的风景会悲伤，看自己的努力在成绩上得不到体现会悲伤，病房里输液没人陪伴孤单时也会悲伤。

　　我当时觉得有点接受不了，随即不可理喻地问："怎么可能，你怎么会感到悲伤呢？你那么乐观。"

　　电话那头的她沉默不语。

　　在我的印象里，她是不应该悲伤的。因为她微笑着的乐观成为我生命中的刻痕，牢牢地印在我的青春里，所以当我知晓她也会悲伤时，第一反应是她是不可以悲伤的。

　　再到后来，我发现每个人都穿越过不为人知的黑暗，那是生命赠予青春的礼物。而在对外界的态度里，她的态度是乐观的。要求她不可以悲伤过于苛刻，甚至于我没有资格去这样要求。长大一些后，我明白我生命是一个漫长的过程，我们应该传递不颓废的态度，而在漫长的生命过程里，每个人都有着悲伤的权利。

　　所以，对于生命里出现的她我很感谢，感谢她告诉我悲伤时也可以传递乐观的态度，感谢她证明了微笑是可以感染别人的。

　　接纳悲伤不是说要坚强，只是让自己学会经历与接纳而已。坚强这个词太过于让自己难过，少年，你应该学会接纳，在接纳之中很幸福地成长。就像是若是多年以后再记起她，我依然会记得她是一个喜欢微笑的姑娘。

Chapter 22　韶光细数，不知归途

∷∷∷∷∷∷∷∷∷∷∷∷∷∷∷∷∷∷∷∷∷∷∷∷∷
∷∷∷∷∷∷∷∷∷∷∷∷∷∷∷∷∷∷∷∷∷∷∷∷∷

"没伞的孩子只能拼命向前奔跑。"最初看到这句话是在高中，当时觉得这句话真矫情，我没拿伞时喜欢在雨里慢慢地走着，不喜欢跑。

对，就是这么任性。

5 月的雨嘀嗒嘀嗒地下着，回到家乡的我打着伞走在街边看着不带伞的少年，他们很淡定地走在雨里，低着头看着脚下，或是盯着远方行驶而来的车。看到这个场景，我的眼泪在眼眶里打着转，忽然觉得他们很像很像当年的我。

或是他们和我当年一样孤独，想要在雨里发泄自己的心情；或是他们觉得前方也是雨，慢下来可以洗涤心灵。

现在自己觉得应该肩负起偶然闪烁曙光的信仰，应该好好地善待自己。我希望我们都尊重生命的卑微之处，在青春凋谢时去感知它的温度。在这体会的过程里自己逐渐学会了成长，可惜的是时光不复如

初，韶光逝去，不知归途。

一

十年前，十年后。

手上还有那年自己不小心用笔扎的蓝色印记，那年喜欢看着她瞧着黑板发呆的模样，传纸条时她直视黑板，偷偷用右手从左胳膊空隙里塞过来，那年她扎着两个马尾辫，我时常揪着她的头发和她玩闹，那年和她争抢东西时她不小心躺倒在我怀里，教室里一片嘘声，连忙站起来，我们都脸色红扑扑的再也不敢瞧对方一眼。

那是 2008 年，北京奥运会的那年，也是汶川地震的那年。

黑色笔记本躺在书桌上，阳光透过窗帘映出淡淡的光影，洒在薄薄的纸片上，分外感伤。

"又遇见你，从很远处我就一眼看出那个身影是你。在擦肩而过的这几秒里，我很想跑过去拉住你，可是今天没有穿很帅的衣服，没做好再见你的准备。我看着视线里越来越模糊的你，模糊的光线映衬着当年的孩子气。"

初三那年，不懂得什么是喜欢，只知道青涩的好感慢慢发酵；初三那年，女生比男生早熟且大胆，她一转过头，我的小心思就在夏天的微风里缓缓荡漾着。

"你是我喜欢了很多年的女生，初中三年，高中两年，都很喜欢你。"

"现在呢？"

"后来，你有男朋友吗？"

"你要我等你吗？"

不要，在当年的那些青春里你给我一些慰藉与念想，对我来说已经很幸福了。

高考完一个人跑去电影院看了《那些年，我们一起追过的女孩》，突然就想到你。最近这些天《左耳》上映了，又莫名地记起你。

其实我不期待结局，我只是想知道"爱对了是爱情，爱错了是青春"这句话投映在荧幕上时我会是一种怎样的心情，会不会勾起我的一些回忆。

我想说的她，无关爱情，涉及青春。

在广场里偶遇她，她似乎还是当年的模样，恍然间感觉她只是头发稍长了些许，似乎只是一天未见，我想上前和见到熟人一般去问："嗨，去干吗？"她拎着俩袋子，低着头从我身边走过去，似乎在思索着什么。我看着她慢慢地从我身旁走过，就像是排练好的遇见、擦肩，重逢之后依然是再见。

多年后的我依然学不会挽留，也未学会主动，我看着她从我身旁走过，瞧着她的背影看了好久。

或许，我们真的多年未见了。

她是我初三时的同桌，初中毕业的暑假偶遇了一次，之后的这么多年里再也没有遇见过，连听说也未曾听说。

毕业照，六月。她扎着俩马尾辫，笑得干净明媚，脸上挂着小酒窝单纯得不谙世事。我在照毕业照的前一天不小心用笔划了前排同学的眼睛，虽然是因为后面的同学推了我一下。那几天忐忑不安包裹着各种情绪，我怕他的眼睛出现问题，闹得我没心情理会毕业的伤感，照毕业照时也离她远远的，一不小心就欠了她一个告别的仪式。

很多次都刻意的在她上学回家的路上等她，看她过来就几步跑上去说："好巧哦。"她只是盯着我的眼睛，随即就微微一笑，直到现在我都特好奇她是不是早就看穿了我拙劣的演技。

我想她应该是看穿了吧，也许她早就忘记了。

英语老师是她小姨，作为她同桌的我自然也被爱屋及乌，自从英语老师知道我考了 36 分给老爸说我考了 63 分这件事之后更是把我照顾得无微不至，每两天的早自习都把我叫到讲台在黑板写单词。当然，之后的故事的情节重复了一年毫无变化，每次考我单词我都是在讲台上忐忑一分钟，然后说不会。

一年之后，我受不了每天上学就像是每天等待被羞辱的生活模式，于是抽出每天和她聊天的一半时间用来学习，成绩很快就飞速增长，果不其然进入了重点高中。她把一半时间用来和我聊天，另一半时间用来和右边的同学聊天，然后折戟沉沙。

后来看到"恃宠而骄"这个词，我想那时的自己自恃聪明可能耽搁了她的未来吧！

我坚信遇见的每一个人都互成因果，如果她当年没有遇见我，或许她会进入重点高中，就不会在年少时去外地上学，也不至于考上专科学校。

如果时间可以回溯，其实我最期待的事情是她不要遇见我。

二

如果我制定规则，我一定会重新规定撒谎的范畴。

比如英语考了 36 分给爸妈说考了 63 分，考了 143 分的数学给父母说考了 114 分，这个应该不算撒谎，因为总成绩没变。

这些年华往事，都在爸妈的调侃里付诸一笑之后随之淡化，而有些故事，却从开始就注定了结局不曾告别。

英语课上她给我递了一张纸条，她偷偷塞给我时英语老师从我旁边走来走去，我紧张得把纸条紧紧地握在手里，十几分钟后打开时纸已经被汗水浸得湿湿的，依稀可以看清楚上面的字。

纸条里的内容我忘了，我真的忘了。

每一段年华我都赋予它一首歌的定义，这个习惯一直到今天还保留着，不想和别人交谈的时候我会塞上耳塞，待在我一个人的世界里。偶尔在时光之外想起谁，我会单曲循环放当时听的那首歌，记忆便会如潮水般涌来，挡也挡不住。

我不知道在多年后我会走在哪座城的雨天，我不知道那时我会遇见谁，我不知道那时我会单曲循环哪首歌，我不知道我会突然想起谁。

喜欢的第一首歌是《想起》，她时常给我唱，我枕着她的胳膊趴在桌子上睡觉，安然惬意。

因为这首歌我开始喜欢下雨天，或许也依附着对青春的眷念。

现在最常听的歌是《枫林残忆》，每次写文字前都会单曲循环半小时之后再动笔。淡蓝色系与白色系交缠的轻语，落着雨的微妙循着心情的漏点，缓缓地落在心绪间笺一纸孤单摹写的荒凉，倾城的青春里忧郁的记忆流淌在时间凉凉回忆里，不知所措的温柔缠绕在指间，音乐的曲调哀而不伤，散漫着回忆的感觉与青春同在。

之后的很多年里再也没遇见给我唱歌的孩子，或许是如此，才会突然记起她。

突然记起，我们认识快十年了。

十年了，唉！

今天兰州下雨了，天气阴沉沉的。好多年之后的我终于学会了好好照顾自己，现在不会在下雨天跑出去在街道上散步淋雨，也不会在下雨天不带伞，虽然在前几天把上一把伞丢了。

嗯，我该去买伞了。

初中毕业的暑假在书店门口见到她一次，我不知道怎样开口，没学会怎样告别，轻轻点头，示意微笑，身体侧让，就这样擦肩而过了。我最初以为擦肩而过是剧本里很扯的情节，后来才学会把这些归结为宿命。

她送我的照片我没敢放在家里，因为怕爸妈翻到以为我早恋，初中的我人缘差得离谱，送我照片的都是女孩子——只有两个女孩。高一时把照片夹在课本里，过了一段时间就怎么找也找不到了。

成长的旅程里为了证明自己变得比以前更优秀学会了否定之前的自己，在证明的过程里与过去决裂，偶尔回顾发现自己逐渐变得连自己都感到陌生。藕断丝连的青春缠绕着些许斑驳的影子，而有些习惯，一直未变。

记得那时我不小心把墨水洒在她衣服上她生气了好多天，记得偶尔和她开玩笑她会发脾气，当年她脾气那么大我应该是不会对她有好感的吧？嗯，肯定是不曾喜欢她的。

记得那时的我性格内向不苟言笑，她们说的笑话我隔了一分钟才能听懂，当年我那么木讷她应该是不会对我有好感的吧？嗯，她肯定是不曾喜欢我的。

"回到相遇的地点，才知我对你不了解……"耳机里歌曲播放着，歌词投映在电脑界面上显得分外感伤。我是一个记不得清大起大落的人，细数韶光全都是些细节，来来去去都是这么点事儿。也许是因为只是相遇，没有告别，才会感觉没有起落以至于全都是一些碎碎念。也许是不曾了解，也无法轻言告别。

或许多年之后看着她结婚，有了自己的家，我会有另外一番心情吧。

写下这篇文字，权当做弥补当年欠她的告别。从初一到初三毕业，从高一到现在，我们认识了将近十年。

哦，十年了。

嗯，才十年。

Chapter 23　书店

高中时最喜到书店里去看看书，那座书店至今还屹立在城市中，门上匾额没换。

那座城最大的书店在城市的北边，大大的"新华书店"四个字挂在墙壁上面，书店里没有空调，每到夏天的下午书店里书香味总会被莫名的味道掩盖着，纵然如此书店里总是有着好多人。

书店旁边是会师园，是我们那座城地标式的建筑，外地游客不多，我一个月到里面去一次，和朋友们去拍几张照片。翻阅起旧照片自己露脸的只有一张，还藏在小角落里，那时自己只是单纯地喜欢和朋友一起去会师园里玩耍。

记不太清楚我去这家书店去过多少次，大概是每次路过都会进去逛逛，名著也没看几本，小说倒是看了不小。初中投稿后，杂志社给我发了张作者证，我随身带着时刻准备着找准时机亮出来显摆显摆，在书店里看书时作者证到地上我没去捡，准备等着陌生人捡起来看看之后还给我，满足一下我的虚荣心。那天看书太过投入，看完书把书放在书架上，低头一看那个证没了。

一次都没显摆就丢了，这件事让我郁闷了好些年。

自此之后每次到书店里去都会想起这件事，想着一定要把这家书店里的书都看完才能抚慰我内心的悲痛。可是从初一到高三看了六年都没看完，书店书籍更新都太快了，倒是把一直搁置在一个书架上从未换过的金庸老先生的所有武侠书籍囫囵吞枣地看完了。

那时看的很多书都是匆匆翻过，没留下一些可用的想法来，即使看小说也是，2000 页的长篇武侠小说 3 小时随意翻完给同学去讲，讲完之后隔上一天连主角的名字都会忘记，只有几个不知名的情节在脑海里乱窜。

三小时翻阅 2000 页的速度让我引以为豪了很久，我经常眉飞色舞地和别人说起这些往事。很多书都未曾精读，这导致我养成了如盲人摸象般断章取义的阅读习惯，在爱显摆的性格下到处把我摄取的片面且表层的知识去普及。

后来在大学里发生了一件很尴尬的事情。老师在讲台上讲《红楼梦》，我看《红楼梦》只看林黛玉与贾宝玉两人出现的文字场景，本着表面分享实为卖弄的心态我站起来说了这样一句话："我宁可把《红楼梦》当做是现代的青春言情小说来阅读，也不想去八卦地去挖掘各种无聊之至的背景，不仅会失了作者初心，也会失了美感。"

老师笑着说谢谢这位同学提出他的见解，以很包容也很友好的姿态。

去图书馆时翻阅刘心武先生关于红学研究的一本书，又一页页翻阅红楼梦细细查证，越是仔细阅读，我的脸色就越通红。

越是学习，就越是觉得自己无知。视野越来越大，心态越来越好，也愈发觉得自己的浅薄与无知。

近来闲来无事又去书店闲逛，当年给自己限定的一下午看5本书的心态早已不知去向，权当做给单薄的青春留些纪念。如今只是去看看书店有没有喜欢的书，闲来翻几页，值得做笔记的书去图书馆看看有没有，借阅出来在网上找些相关资料辅助学习，适合思考的书安静地坐在自习室里拿着笔在纸上写写画画，困的时候看看窗外的蓝天，告诉自己此刻应该好好学习，而且应该放慢脚步好好学习，这样也挺好的。

从书店一路走来，走到了大学的图书馆里。从无知一路走过，走到对自己的审视中来。其实也没变多少，只是顺着时光的影子在成长而已。

嗯，这般成长也挺好的。

Chapter 24　愿你对过往温柔以待

"你可以去关注，可以站在你的角度悲天悯人，可以选择你认为整个世界都与你相关的姿态去涉及，甚至可以去指手画脚要求他们改变，但是你我终究只是一个陌生人。

我倾诉，只是因为我相信你，与其他一切都毫无关系。你倾听，我亦不会感激，因为你选择了安静看待。

作为一个陌生人，我所能做的是相信你，也只能是相信你。"

在我征集别人的故事时一个陌生人这般对我说。

我一直遵循我的世界以我为中心的心态，我抱着优越感去看待别人，抱着同情心去看待故事，甚至去审视，去妄加评判。

这次，我想要做一个安静地讲故事的少年。

一

这是一个爱情故事。

她和他青梅竹马，两小无猜。她从初二就喜欢他，也许是觉得他是邻家大哥哥有安全感，也许是因为在小学崎岖的山路上他习惯走到外侧，也许是他足够优秀足够明媚，总归在初二她就喜欢他了。

高中时她在二中，他在一中。他们偶尔会电话聊天，偶尔会见面倾诉一下想念，学习上有些压力会彼此交流，整个青春年华都显得明媚起来。

大学时她在冰城哈尔滨，他在家乡补习。他会打电话告诉她想念她，会告诉她在毕业时他会去找她，最后，很顺理成章的，他们在一起了。

故事的重点不在于如何恋爱，而是在如何分手。或许是我嫉妒他们的幸福，以至于在倾听的过程里一直在等待她讲述分手的桥段。

他去山东读的大学，离哈尔滨很远。有一次说想去找她玩，想要她陪住，从小接受的教育让她对这个建议有些抵触，于是她果断地拒绝了。

拒绝之后他有些生气，时隔几个月后在他的 QQ 空间留言板上出现了一位女子，暧昧信息与情侣网名在她眼里显得格外刺眼。

他们分手了。

寒假遇见他依然会很熟络地打招呼，会很热情的邀请她去他家玩。他告诉她每次她到他家去时他爸妈都会很开心，家里会变得温馨起来。这种感觉就像我们是一家人一样。

"分手后还能做朋友，你前男友真不错。"我喜欢评判的小习惯又跳出来作祟。

"他那是不负责任，有女朋友了还对我发暧昧信息，这对他女朋友和对我都是极其的不负责任。"她反驳了我的观点，这般态度倒真不是喝心灵鸡汤长大的我可以拥有的。

"倒真是个敢爱敢恨的女子。"我在心里偷偷地如此评判，三缄其口终未说出来。

她偶尔记起他，或许会记起分手时他的各种不堪，或许会记起他对恋爱的不负责任，在交谈的过程中她说的更多是以往他对她的各种照顾，或许这才是她记忆里他最真实的模样吧！虽然她一直在抗拒。

感谢她对以往温柔以待，传递给我接纳的力量。

二

这是一个关于亲情的故事。

初三那年时她家里很穷，她的学习成绩除了英语以外各科都很好，而英语成绩格外地差。她偷偷一个人走了 30 里路来到县城里找了一个很有名的英语补习班去报名，在得知没她有报名费后补习班的老师把她拒之门外。

她尝试着说服老师给她一个学习机会，放下面子去乞求他们对贫穷的同情，而老师们一直拒绝她，见到她后立马躲进办公室里。

实在是没有别的办法，天也快黑了，她没有坐车的钱又继续走到了家里，央求爸妈可以给她补习费让她去弥补英语上的缺憾。

家里实在是没有额外的钱，她父母在受不了她的央求之后把她锁在屋子里，扔给她一本初三的英语教材，告诉她如果一天之内背下来就答应她去补习班。

她使劲地背，即使整晚都未睡背到第二天也只是背了一半多，虽然爸妈不识英语，可是她没有欺瞒，如实告诉他们她只背了一半，补习的梦想就此耽搁下来。

过了两天，妈妈把她叫到屋子里告诉她他们同意她去补习英语了，而且把学费也缴了。临行前额外给了她一些伙食费让她不要回家去县城里抓紧时间去学习。

晚上她睡在教室里，到饭点时去外面买两个馒头吃，在她的疯狂努力下她的英语成绩突飞猛进，提升的速度连老师都为之侧目。

可是，这并不是一个学渣通过努力成为学霸的故事。

在临近补习结束的一天里，两位同学从她身边走了过去，其中一位指着她给另一位同学说："你看，这就是她妈给我们老师跪下求老师让她女儿来上补习班的那个人。"

跪下。初闻这两个字她就哭了，当晚回到家里才知道是妈妈给老师跪下来乞求老师收下女儿，老师同情之下才收下她的，而且给她的吃饭的钱也是向亲戚借的。

她听着母亲平淡的语气心如刀绞，机会来得太过不易，她更要抓得牢牢的。

她现在是一位名牌大学的学生，交流之后我得知她是我的老乡。

"现在你会恨当时拒绝你的那位老师吗？"熟知之后我问她。

"我感谢他当年还是给了我机会，我更感谢我妈妈去帮我争取到了这个机会。"她云淡风轻地说，听着她丝毫没有抱怨的语气我相信她说的是真的。

"其实状元县这个名号的背后是我们的父辈在付出，相比之下我们的努力太微不足道。"

"嗯。"我使劲地点点头表示认同。

本是想用她的真名来写这段故事的，貌似有拿贫穷来润色文章的嫌疑，想想又算了。

Chapter 25　被骗记

兰州这座城说好也不好，说坏也不坏。

冬暖夏凉的气候，适宜的天气，下雨天不多见却很清新，下雪天不用穿很厚的棉衣也不会太冷。气候好，各种各样的人才也多，在这座城市里我被骗了一次，被偷了三次。

西站 BRT 公交站的桥上有着很多卖手机零件与旧手机的，不知哪天来了一群聚众赌博的骗子，用北方一种叫麻子的特产、一块木板、一个小茶碗当做道具，扔几颗麻子到碗里，碗扣在木板上，先递给他钱当做押金，接着猜碗里的麻子有几颗，猜对了给双倍的钱，猜错了这些押金就没了。

他们团队配合的特别默契，一个身体略显胖看起来很老实的中年男人充当围观者，一个市井气十足的中年女人充当挑战者，摆摊的是一个老人，身体显得很消瘦，目光有些呆滞。

"来，就这些钱都压上，你看我刚才赢了 100，如果我压 200 就可以赢 200 了。"那个市井气的女人说服旁边拿出钱包有些动了心的学生，随即把他钱包里的所有钱都拽了出来递给摊主，我瞧了瞧，大概五百多。

他慢悠悠地往碗里放了三颗，那位学生看得仔仔细细，意志坚定地说："三颗。"

那个身体消瘦的老人打开碗，那位学生一看有五颗。他看了眼旁边那个女人，随即就意识到自己被骗了，无奈与懊丧的表情凸显在脸上，过了会儿就灰溜溜地走了。整个过程我都在看着，没敢出声提醒。

离开村子的人将长久漂泊，也许，还有人死在路上。埃米尔·里尔克先生这般说。

我是对这些环境有恐惧感的，我担心若是提醒他自己的利益会得不到保障，或许是潜意识里认为人格独立应脱离群体独立思考，我一直在做一个旁观者。

回想起自己被骗是在兰州的火车站，我拎着箱子准备回学校，路遇一对夫妇。

行骗的手段确实挺高明的，他们对人心理的把握很到位。男的是一个很斯文的中年人，戴着一副眼镜，身体略微发福，女的是一个看上去很市井气的中年女人（是不是所有女骗子身上都有一股市井气），他们遇到我时很有礼貌。

"你好，我们是北京来的游客，到兰州旅游的，下火车时发现钱包被偷了，证件和现金都在钱包里，可不可以借我们两块钱的公交费我俩去找在兰州的亲戚。"那位胖胖的男士朝我走过来对我说。

　　我心想才两块钱而已，遇见他们也是缘分，拿出钱包给了他们两块，旁边的女人顺手把我左手里的五块钱也拿走了，说是以备不时之需，我也未理会。

　　聊了些时间，他开始打探我的个人信息，我心底慢慢警惕起来，他用他软件设置的北京号给我打电话来证实他确实是北京人。

　　"同学你是哪个学校的？我到北京之后给你们学校写一份感谢信。"他语气很是"真诚"。

　　"不用了。"我出言拒绝，心想多大点儿事还用写感谢信，这大叔真的是太逗了。

　　"我和妻子商量了一下不去麻烦亲戚了，可不可以麻烦你帮我们买两张去北京的车票？你把银行卡号发给我，我们到北京之后会马上把钱打给你的。"那位先生用很诚恳的态度说，满是期待的眼神看着我。

　　我瞧了他一眼，没再说话提着箱子就离开了，走在路上心想真晦气，好不容易同情心泛滥还遇见了俩骗子！越想越生气，不知不觉地走了5个小时，提着箱子一路走到了学校。

　　后来又见了他俩一次，时隔四个月后，我去火车站接一个朋友，朋友也拎着一个大箱子，那俩骗子又走过来说了和当初遇见我时说的一样的话。

　　"大叔，您俩在兰州骗了四个月还没攒够回北京的钱啊？"我笑着看着那俩骗子说。

　　他俩瞧了我一眼，灰溜溜地走了。

　　我一直觉得骗子比小偷可恨得多，小偷偷财，骗子骗心。他们辜负我的信任，让我对这个世界的美好又多了一份抗拒，洒出一份善意，收回一份抗拒，接连在我心中消逝了两份美好，这真是一件让人悲伤却无可奈何的事。

"你还会相信陌生人的话吗?"我这样问自己。

"不会完全相信。我会学着熟知这世界的诸般世故，保持一份怀疑，不丢弃心底的善意，先去熟知这个世界而并非先去改变这个世界。"

Chapter 26 我的大学

开学是在暮夏，离别是在初夏，也许是因为这个原因，学生时代的很多故事都发生在夏天。

我拎着箱子下了校车，陌生的校园一个人都不认识。

自己的努力换来了一个更大的平台，看着大大的校园有些欣喜；校园没有想象中那么尽善尽美，对未知环境很是恐惧，心底也有些失落。报名的场所设在体育馆里，密密麻麻的人群拥挤在里面，学生会的学长们举着各个院的牌子，扯着嗓子大声吆喝着各个院的名字。

夏末树叶隐隐有凋落的迹象，空气沉闷得有些错乱，恍然间有些空间褶皱了的感觉。往向远处的目光被夏天拉长，不知投向了何处。

一

拿着报名单，在报名单上签了字，扫了一眼名单一下就看见了一个只是看上去就很有好感的名字：甘露。我当时很天真地以为她会是一个很漂亮的女孩。

摸索了好久的南北，在问了好多位学姐之后终于找到宿舍楼，一路找到了宿舍号，宿舍里只有三个人，我兜里揣着烟，碍于爸爸在身旁我没好意思给他们递烟。

出门买了生活用品之后送走了爸爸，接着三天窝在宿舍里看小说，也没和他们交谈。不敢出宿舍门，我是天生的路痴，一出门就找不到回来的路了。

有学姐挨个到宿舍里发了校园地图，我兴致高昂地跑出去参观校园，逛了会儿发现自己高估了自己的智商，看了好久地图发现自己根本看不懂，瞬间有些后悔初中没好好学习地理。

宿舍同学来齐之后我们相互自我介绍。

"你们好，我叫甘露。"隔壁下铺一位冷冷的帅哥自我介绍，听着他的名字我的玻璃心瞬间碎了一地，连带着把我对理工学校女生的遐想都一概浇灭了。本想着在大学里找个本校的女朋友，我单纯的小心思也在他那句自我介绍下彻底随之东流了。

随之而来的是体检，我天生有些晕血，不是见血就晕的那种，而是失血就晕。在体检抽血时我很坚定地看着针管，想着在大学里一定要改变自己对自己所有不满意的地方，五分钟之后在回宿舍的路上我头晕耳鸣，腿软得厉害，杜帅把我一路搀扶到宿舍。

宿舍一共六个人，六个性格迥异却很团结的兄弟。

这个故事只有开始，暂未告别。

二

大学开始的冲锋号角在军训那天彻底响起。

阳光很热，教官一开始就毫不留情让我们站军姿，练习齐步、正步，左脑不发达的我时常被教官特训。我压低帽檐，剪掉了假期留得长长的头发，在整个军训的过程里一句话也不说，使出浑身解数和自己抗拒着，告诉自己我一定可以做到。

那段时光是我学习过程中最有意义的一段时光，它尝试着消磨了我对群体的抗拒性。即使它只产生了微乎其微的效果，却从此埋下了一颗让我尝试着融入群体之中的种子。

晚上回到宿舍晓东放着《幻城》，每天回宿舍都可以听到，他每次在宿舍都无时无刻不在循环着这首歌，军训的那十几天里这首歌我听了不下一百遍。

军训结束的当天我和小强去报学院学生会的编辑部，即使在如今我对学生会这个组织有着各种偏见，那时的我依然挤破头地想要冲进去。

整个大一也没干所谓的有意义的事情，去学生会里跑跑腿，每天都不想去上课就窝在宿舍玩手机，该想的不该想的都在脑子里乱窜，想要理清思路发觉事情太乱毫无头绪根本理不清。

每天过着一样的生活，早晨睁开眼一看宿舍其他五个孩子至少还有三个，接着蒙住头继续睡觉，自由懒散显得格外堕落。晚上去楼顶吹吹风，偶尔会跟甘露说些心事，不过总会挑选一些无伤大雅的心事，秘密腐烂，由内而外，以前所有的伤口都重新迸发，我一会儿去遮掩这边，一会儿去遮掩那边，手忙脚乱地过了一年。

这是我度过的最黑暗的一段岁月，它和我之后的心态牵绊着。在这黑暗中我每天会做一件事情：记录。

起先是发心情到空间，有人评论，有人表达关心，有人说矫情。后来是写日志，有人好奇，有人吐槽，有人说矫情。再到后来用电脑记录，没人知晓，所以没人吐槽，不过自己感觉自己记录这些琐碎的心事挺矫情的。

三

在这个过程里不只是我发生了蜕变，其他几位也是。

杜帅在这个过程里逐渐对编程有了兴趣，小强对游戏的兴趣愈发浓烈却再没挂过科，甘露会在临近期末好好学习懂得珍视未来，晓东一直发挥自己的学霸风格目标坚定，谦益朝着自己喜欢的方向发展趋势显得越发成熟稳重。

我们都在自己坚定的方向追寻着，偶尔会一起去学校外面懒散一下。

这是个发生在秋天的故事。

星期四，我们宿舍集体去外面玩，晚上 12 点也没回寝室，班主任打电话告诉我们查寝室了迅速回寝室，不置可否，过了半个小时辅导员电话打了过来，催我们迅速回去。

几番推脱说明天再回，辅导员态度很是坚决。我们一路看着路上的风景，我笑着说："即使这次背处分，我也觉得今晚很开心。"

真的很开心，在大学里大家都谨小慎微，说话办事都三思而行，六个人都追逐不同的方向，即使在一个宿舍也只会讨论些游戏之类的男生之间的通用话题，很少像刚才这般真正在一起玩闹。

　　路上只有路灯，没有行人，第一次见到城市里有人这么少的时候，路上只有我们的玩闹声，零零星星有一辆车行驶过去。

　　回到宿舍两点半，小强走过去敲了敲窗子把宿管叫醒来。

　　"学生卡，宿舍号，名字？"登记室里一股白酒味，宿管语气很是僵硬。

　　我们一一把学生卡递过去。"明天等着受处分吧！"登记完之后他提醒。

　　第二天有一种山雨欲来风满楼的感觉。对大人的说教我一直很抵触，犯了错误就请家长的模式在我求学时一共经历过三次。第一次是初中打台球被班主任撞见，罚款 20 元充作班费且叫家长，我推脱了一个月后不了了之。第二次是高中看小说被班主任察觉，直接停课回去请家长，在妈妈的宠溺之下也是不了了之。第三次是在大学，辅导员让我们家长给她打电话。

　　我第一反应是大学居然也会请家长，而且已经大三了。

　　犯错误之后我们到老师面前发觉他们的脸色都阴沉得可怕，已经失去了平等交流的先机，我的性子有时很倔强，看着这场景我的倔脾气隐隐要发作了。

　　"你们觉得你们的父母让你们上大学是为了让你们玩耍吗？"

　　"我上大学是自己的选择，我父母很相信我的选择。"

　　"那你觉得你对得起他们的信任吗？"

　　我想说在我爸妈眼里我一直很优秀，我也从不辜负他们的信任。杜帅拽了拽我的衣角，我和他们一样低下头再未言语。

　　站在他们的立场上一定会觉得孺子不可教，顽固不化死不认错；站在我的立场上我固执地在我的立场上找他们教育的失误之处，有想法就说似乎也没错。

　　在同理心的驱动下，我陷入了想法与态度两者的旋涡里，我一直在思考想法与态度之间的平衡点，我逐渐认识到了：态度凌驾于想法之上。

　　林清玄先生有一句经典语录："第一个十年我才华横溢'贼光闪现'，令周边黯然失色；第二个十年，我终于'宝光现形'，不再去抢风头，反而与身边的美丽相得益彰；进入第三个十年，繁华落尽尽见真纯，我进入了'淳光初现'的阶段，真正体味到了境界之美。"

　　这是我大学里学到的最有用的知识。

　　四

　　在迷茫的追寻中，很少有拨开云雾见月明的时刻，更多的是在摸索与实践。

　　大学里喜欢五子棋，大一时满心壮志，遂去参加五子棋比赛。一路过关斩将连赢四人，自信心更是爆棚，在决赛时遇见一漂亮姑娘，想体现出绅士风度于是让她执黑子，心情紧张七局输了四局，铩羽而归。大二又去参加棋艺比赛，也是一路过关斩将杀进了决赛，决赛是积分制，棋艺较大一已经有了太多的提高，踌躇满志地参加决赛，决赛分为两个小组，我过关斩将当了小组第一，连另一组的第一面都没见到就莫名地当了亚军，又一次铩羽而归。

　　学习五子棋并不是为了比赛，心理不舒服只是因为能力没有被认可，在期待认可的道路上有些迷失。大三时在棋艺社团我给学弟学妹们讲了这段故事，之后说了这样一段话："表面上看大一时我输在了心态上，大二时我输在了世故上，其实归根结底我输的原因是我对第一名有着执念，我想赢，却在比赛时太想赢而忘记了初心。"

大一时我能看到六步之后的棋局，有眼光却不会布局。大二时我学会了如何布局，也保持着大一的眼界，却不会谋略。

一点点进步着就已经是最好的成长了，成功与努力相辅相成，时光总会交付你一个答案。

其实每一件坏事未必是坏事，第一名的奖励是羽毛球拍，第二名的奖励是一个很厚的笔记本，现在那本笔记本上已经被我画得满满的，里面大约有一百本书的读书笔记。当时我若是得了第一名，想来那个球拍应该被搁置在宿舍的某个角落，现在应该布满灰尘了吧！

患得患失，其实宿命有着自己的脉络，失败时安然接受，成功时思量得失。人生的教条太多也太复杂，鼓起勇气慢慢接受就好。

这是我大学教会我的第二个大道理。

五

大学进入到第二年时我依稀找到了自己的方向，觉得前面应该有曙光。未考虑得失，我在自己拟定的方向里固执地努力着。

成绩不好不坏勉强混过关，突击性的学习导致我基础太过薄弱，大三上学期有课程设计，自己动手做课程设计让我有些恐慌。

翻开资料各种不懂，查阅数据也不知道到哪本书去查，那一瞬间心底对以前拟定的方向产生了怀疑。

我对未知有恐惧，而我更恐惧的是自己的无知。

去图书馆找书看，从电脑上下各种资源，把没学好的书籍重新拾起。

嗯，我的大学就是这样——很平淡，不过把每件事每个人展开，都会是一段跌宕起伏的故事。

Chapter 27　放下错的爱情

故事里的他是一个很执着的大男生，故事里的她我只是经常听他说起，一次也没见过。

一

喜欢一个敏感的姑娘，你会去猜测她的想法，会去体验她的心情，逐渐你会变得和她一样的性情。

和敏感的姑娘交流时微小的语调差异她都会察觉，她们不善于表达却会让情绪禁不住流露出来。

他是和她同届的同学，一起毕业。她在他的隔壁班，见过几面，不曾熟知。

在高中毕业的同学会上他见到她，很少和女生说话的他有些小男孩的羞涩，她坐在他旁边，她见过他几次，所以言谈举止显得大方得体。她微笑地看着他抽烟的模样，他受不了她戏谑的眼神把烟掐灭。也许是她喜欢他小男孩一般的可爱，也许是他喜欢她那个瞬间的微笑，他们临行前互相留了电话。

夜晚闭上眼他眼前就会浮现出她灵动的眼睛。拿起手机想要拨通她的电话，翻到通讯录看着手机里的号码思量了好久他还是没拨。有一天她突然记起他给他发了条短信，也许是高中结束太过寂寞，所以他们聊了整个暑假。

很巧合的是，他们的大学在同一个城市。

他喜欢她，真的喜欢。每晚打电话会打一个多小时，会晕车的他每周都会去她们学校看她，来回六个小时的车程，她生日时他准备折一千零一个千纸鹤，时间不够手艺不行最终只折了一百零一个。

认真对待会被她同化，她有蓝颜，他会有些敏感地看着她和蓝颜们在 QQ 空间里大肆秀暧昧，有一次真的受不了，他问她："我在你心里到底是什么地位？"

"我心中的人的地位是依次是父母，兄弟姐妹，朋友，蓝颜，男朋友。"

"哦。"他转身就走了。

按计划本来应该晚上给她打电话的，她电话打过来他也没有接。就在楼顶吹着风安静地坐着，坐了一整晚。

二

高中语文老师说一个故事有开始、发展、高潮、结局。其实很奇怪，生活中的很多故事都没有结局，似乎一下就散了，像是从未发生过一样。

他打开她的空间，空间里她寻求别人的安慰，屏幕上又是些很刺眼的话语。失望了有蓝颜哄她开心，她伤心时找蓝颜倾诉，其实对她而言，他这个男朋友真的没什么用处。

他把空间装饰成满是蒲公英的背景，和她再未联系。

蒲公英的花语：无法停留的爱情。

刚失恋的那段时间他每天都不说话，日记本里夹着她的照片，每天晚上会写写日记，周末偶尔会去他们曾经一起逛过的地方看看，也许是因为曾经喜欢过，这份喜欢让他在大学里很努力地坚持了三年。偶尔有别的女生向他抛来橄榄枝，他一概都不理会。

大二时会偶尔提及，他说今天看见陌生的电话打过来，回过去后听到了她的声音，他说他们放假时偶尔会见到，即使他一直躲着她也会猝不及防地见面，她装做陌生人一样地看着他。我依然觉得他还是喜欢她，因为他们分手后他的性格慢慢变成了她当年的样子。

前几天他见到了她，在西关的街道上，她看到他的第一眼拉着她的闺蜜回头就走。

"其实我想追上去对她说：'何必呢？'"他有些自嘲地对我说。

"对啊，何必呢，都已经分开这么久了。"我含沙射影劝导他。其实在那时我已经不必去劝导他了，从他的语调里我已经感觉他完全放下了。

也许是他见到她时她的波浪形刘海太过难看，也许是他现在再看她虎牙时觉得没当时那么可爱，也许是时光已经给故事画上了一个句号。

其实用三年时间去喜欢一个人，三年里心里一直挂念着一个人，三年时光始终放不下一个人，这种感觉也挺好的。

这就是青春，没有那般尽善尽美，却可以让时光温柔以待。

"哦，当时你冲上去问了没?"看着他走出那段时光我八卦的心思又被点燃。

"当然没有，她跑得太快了。"

我想应该是他已经不想去追她了吧!

Chapter 28 给自己一个机会

大一刚入学时不知道怎样在众人面前去介绍自己，说了自己的名字年龄籍贯之后，似乎再也没什么可聊的。

大一时报学生会有面试过程，教室中心放着一把椅子，我抬头就会看见很多位学长在看着我，说话哆哆嗦嗦的不知道说些什么，一个劲儿地低头看着地板，准备了好多天的腹稿一分钟就说完了。

很难堪，不知道怎样去融入环境。在和班里同学交流时不知道自己有什么特长和爱好，只能提及自己高考语文考得不错，班长很给面子地附和了一句："哇，这成绩在我们理工学校应该是第一名吧！"

事实证明他在一本正经地胡诌，我那成绩最多只是宿舍第一。在他们的插科打诨之下，我对环境的适应性逐渐增强了好多。

后来在大三的某次社团聚会上，学弟问我上台说话紧张有没有什么技巧可以克服。

我当时很有优越感地告诉他，我第一次演讲也很紧张，后来练着练着就好了。可是在之后的一次社团演讲里，事实证明我现在上台依然紧张，依然不敢直视观众，依然没法说服自己去完美地演讲，我以为我成长了，却只是我以为而已。

幸好，我还在大学里懵懵懂懂地待着，爬得不够高，所以摔得不够惨。

大一时不知道怎样去和别人交流，只能沿袭高中时乖孩子的模样，用幼稚这件面具来装扮自己。

幼稚的定义很难界定，大抵是用低于现实年龄的心理去衡量现在所做的事情，我以为纯情的男孩子会被大家都接受，可是这般姿态有人喜欢有人反感。

成长是我在大学里唯一的目标，我给自己一个很低的起始点，想让他们见证我最差的一面，若是后来的我有一点点改变他们应该都会觉得不可思议吧！

从期待认可到自己认可自己的这段旅途里，逐渐学会了沉默，有些事情你解释意味着狡辩，他们会觉得他们猜对了，有些事情不解释他们认为你无言以对，他们以为他们猜对了。

瞧，对于和你不在一个世界里的人，多费口舌根本无用，努力成长才会显得有意义。

十几岁，我急切地期待别人的肯定，想要努力地去追寻别人的脚步。

直到有一天，我感觉这个道路和自己没什么关系，我踏着别人的脚步也只能做别人的尾巴，我一直以为我在抗拒世界，到头来发觉我只是在抗拒自己。

有人停滞不前，告诉你前方是风雨，天真地以为风雨躲一躲就会过去，到头来发现每个人成长的那段道路上都有着那么一段风雨，你最终还是闯了过去，却浪费了诸多的时间。

大学时你就读理工科，大学三年都不知道这个专业未来是做什么的，你怀揣理想，坚定着自己的方向，告诉自己是自己给自己选择道路，一定要坚持下去。

放弃很容易，暂时搁置，再不拾起，这样就放弃了。

坚持也很容易，偶尔拿起，看看前途，心生暖意。

为什么不给自己一个机会呢？当年的你英语很差，一次次的考试慢慢磨损你的信心，你努力地找其他的方向来证明自己是可以坚持的，却把英语彻底地搁置在青春的年华里。

拿起年华这条线把往事串起来，戴在脖子上研究这些往事的起承转合，却发觉当年要放弃的理由都出奇地一致：因为努力了没效果，所以我要放弃。

一切都在我们自己的手里，自己衡量，有的事需要善待，有的事需要搁置，一层一层的，像是秋天里的落叶一般。

Chapter 29　阳光下的少年

我们踏上不同的旅途，最终殊途同归。

阳光下的尘埃不谙世事，游荡在另一个干净的世界，看见夜空陨落的流星，合上双手默默祷告。

阑珊是原始的脊梁，岁月悄悄接近，磨得月光发亮。

似皎洁，似清冽，在这尘世里，坚强与懦弱都无可评判，时光赋予不了经历对抑或是错，它只会安静地见证。而阳光下的你，如果不选择遁入月光，只能被迫成长。

为得始衷，不忘初心。

一

一到夏天自己就变得有些唯唯诺诺。经历了高考，接受了大学三年的熏陶，这种唯唯诺诺的性格愈发严重起来。

一方面是因为自己性格本来就有些内向，灼热的空气附带着烦躁的情绪显得有些无所适从；另一方面是夏天是努力的季节，想坚持，想退缩，纠结在路途中难以调整心情去求索。

在这样的心情下我去找侯老师，准备咨询作为一个过来人给我的意见。侯老师是我大学的班主任，性格温和，我想她一定是读完了中国古典的儒家名著，中庸之道在她的性格里显示得淋漓尽致。

开始时正襟危坐，说到得意之处便笑出声来，丝毫不端架子，知性却也显得矜持，我感觉面前是一个活生生的人儿而并非是教条约定的条条框框构成的社会角色，我的脑海里突然冒出了一个自己从未用来去形容别人的词：气韵。一颦一笑皆显本色，性格真实却不咄咄逼人。

坐在草坪里的一个椅子上，我本来是想咨询自己的困惑的，从沟通的开始就莫名地跑题了，我们就教育问题探讨了一个半小时，从幼教一直谈论到大学教育，那天阳光很刺眼，聊到饭点我就回了。

回去的路上忍俊不禁，本来在来找她的路上组织语言想要问好多个问题，到头来一句都忘了问了。困惑感依然还在，心情却轻松了很多。

关于教育其实我一直都有着鲜明的态度，如之前所说我拒绝把一切问题归结于教育体制，在世界观形成的过程中，自己始终是自己世界的缔造者。外界会赋予个体价值观与道德观，关于普世价值欣然接受，非普世价值自己斟酌。

在这个观点的引导下，我自然而然地认为教育应该对普世价值有着强烈的改造欲，譬如玩电脑游戏，在自控能力没有完全形成的过程中不应该让孩子玩游戏，不接触游戏自然就不会沉迷其中，而若是接触，比如答应让孩子周末玩一小时，他就会在每周都期待那一小时的到来，甚至于想要把时间拖延到两小时，三小时，以至全天。

"我的观点和你的有些不太一样，"她举了一个关于她家姑娘总是喜欢吃糖的例子，"我家姑娘一直很喜欢吃水果糖，但是糖类吃多了对牙齿有害，我把糖放在她可以拿到的地方，和她约定每一次吃糖不能超过五块，孩子也乐于接受这个约定。"

听罢我心里颤了一下，在心里很快对自己的思维进行反思：教育的目的在于教化，在于去帮助孩子更好地认知自己，而在教化的过程中父母的态度有待商榷。在我之前对教育的理解中，教育其实是让他们成为我认为对的那个样子，就像是用相同的模板来塑造相同的玩具，而在如此的模式里，不经意地会束缚孩子的想象里与创造欲。心理学中有一个被很多人接纳的定律，意思大抵是童年对孩子性格的塑造会影响其一生，包括在少年、青年时孩子所需要突破的地方很大一部分来自于童年教育所赋予的桎梏。

所以曾有人问海明威作家成长的条件时，他回答说要有一个不幸的童年。在我看来每一个热爱文字的人都在用文字的方式去重新认知自己与定义自己，用与自己对话的方式去弥补所缺少的外界没有其帮助自我认知的过程。

仔细思考之后我并未反诘她的观点，她顿了顿后说道："在教育中应遵循三个原则：爱，自由，规则。"

"谨慎的反对一下，或许应该表达为：自由，爱，规则。教育的教化之处不是用爱绑架，而是帮助受教者了解自己。爱涉及的层次过于烦琐，涉及的规则过多，而起决定性因素的是孩子对于自由的追寻。"当然，这句话被我默默地记在心里。

爱是世界观，规则是方法论，爱与规则相互统一，自由则是穿梭其中难以把握尺度，以至于我们都经常忽略它。

二

"从你们踏到大学校门的那一天起，我们就已经把你们当做成年人了。"

成年人这个含义涉及的范畴很广，广阔到我们可以把它当做一个语气助词。自己太过年少，所以不曾理解。

18 岁自以为成长是对以前自己的全盘否定，19 岁以为成长是给以前的自己一个大大的拥抱。

似是当年，恍在梦中。成年礼上飘了一场雨，告诉我们应该告别懵懂。四处张望，周围人一样的忐忑，一样的迷茫，一样的不知所以。此刻，突然有一道曙光告诉我们应该了解社会，于是匆忙地去报社团，去参加学生会，去锻炼自己自以为的所谓的能力。

咦，能力？这个词出现在少年这个群体里显得有些奇怪。

"我做过一个不太成熟的调查问卷，筛选出目标人群之后我问了这样一个问题：'你觉得大学学习更重要还是能力更重要？'我用这样莫名的两个词来区分大学的两种选择，而 91.3%的人选择了能力。"我如是和侯老师说。

"能力是指哪种能力呢？"侯老师一眼就看穿了这个语言陷阱。

"其实他们并没有发觉这两个词语的空洞，尤其是能力一词的范畴。而在之后我通过颜色的喜好对他们性格进行归纳之后，我发觉他们所指的能力是指在社会上生存下去的能力，比如适应社会的能力，以及和人沟通的能力。"我极力地美化能力这个词语。

嗯，可以看得出这是一个极其强调能力的时代。

其实这没什么错，每个人都有选择的权利。我想映衬其为能力追求的背后他们做出了怎样的准备，归纳的调研数据让我很意外。

在统计的 200 份数据里，平均每个人除去周末玩手机或者电脑的时间为 5.6 个小时，按照每天十二小时的学习时间来计算，超过一半时间的大学生在沉溺于网络。且最严重的是 27% 的同学玩手机或是电脑的时间为 8 小时，即四分之一左右的大学生用全天时间玩手机电脑。

没有努力，我们所谓的能力是畸形的。与其把它标榜为能力，倒不如把其定义为妥协。

"当大学老师我感到有些无力。"她有些无奈地说。

"当大学生我也感觉有些无奈。"我开玩笑。

"我想当一个小学老师。"听闻她的语气，我相信她说的是真的。

嗯，的确，若她当小学老师，她会很好帮助学生如何认知自己，她如果当小学老师应该会是一个很好的老师吧。

哦，不，她现在就是一个好老师。

我想，若是早一些遇见这样的老师，或许我会早些学会接纳自己吧！

三

从出生，到弱冠、而立、不惑、古稀，都遵循着命运的轨迹。

在少年时我们满脑子都在想如何和别人不一样，以至于对这轨迹抗拒、傲视。

作为一个宿命论者，我无比相信每一段经历都对一个人会产生不可知的影响。我从小接触着模仿式教育，我很不喜这种教育模式，却感谢我家乡践行这种教育的老师让我可以到别的地方去求学，感谢他们在我高考这个征服的旅途中为我保驾护航。

贫瘠是这种教育模式最大的敌人，我们对此又爱又恨。

我的家乡是在甘肃省会宁县，它有一个别名——高考状元县。在我的家乡高考升学率是很优异的，因为贫瘠。

因为贫瘠，所以我的父辈无比渴望走出这座城。他们究其一生也未实现这个梦想，所以把希望投注在我们身上。他们的一生都诠释着一句话："再苦不能苦孩子，再穷不能穷教育。"

"模仿式教学是贫瘠地域最有效的教育模式，不是因为真的最有效，而是因为这种模式已经被无数践行者实践过它，或许这种教育模式是错的，可是我们没法用那么多家长的期待与孩子想要去摆脱这种贫瘠的心理去赌一个未知的结论，我们输不起。"在我去询问一位在我家乡担任多年教学工作的老师时他如是说。

"这片贫瘠的土地对教育付诸了她所有的心血，我真的期待培养出的高才生来建设家乡，可惜的是回到家乡的高才生百不足一，平台小，机会少，这也造成教育对改善贫瘠地域没有太多的直接性效果。"他说时有些无奈。

教育两个字在贫瘠的地方愈发显得厚重，在教育模式与被教育者的未来之间两害取其轻，这没有错，却显得贫穷本身似是一种耻辱。

教育是一种悲壮的坚守，它也是对坚守的突破。很多事不能用对错来衡量，而教育本身未来的走向或许应该是趋于建立彼此尊重的模式，包括对贫瘠的尊重，也囊括对每一个个体生命的尊重。

Chapter 30　心甘情愿

．．．
．．．
．．．

　　时常听别人眼中的世界，从而去观察他们的思考方式我是否可以去学习。6 月的空气有些浮躁，努力的姿态安静而明媚，在这夏天烦躁气氛的悸动下，她来给我们开班会。

　　没有说教，她在讲台上很平淡地给我们讲述了三个故事，发生在她去台湾旅游期间。

　　"我们有机会去了一次台湾，到台湾时有导游来接，刚上车时导游用和我们沟通不要在车内扔垃圾，她准备了垃圾桶。一路上导游为我们介绍台湾的景点和历史，半途她给我们每人发送了一瓶水，告诉我们喝完之后，空瓶子不要放在垃圾桶里，放在座位前的塑料袋里，车中途会经过一个老兵家，她们要把这些瓶子送给那位以捡垃圾为生的老兵，"她很平实地给我们讲了第一个故事，"那位导游还嘱咐我们买东西时会得到一些小票子，可以去拿去摇奖，但是概率很小很小，征求我们是不是把小票子给她们去给那位老兵送过去，说不定他可以摇到奖改善一下他的生活。"

这是一个关于爱的故事，其实平实得似乎听完完全可以把它遗忘，爱大多都是平淡的，尤其是对素昧平生的陌生人，这般爱其实很不容易。

"在车上的时候我发现了一件很让我惊讶的事：司机师傅在我们旅游的那些天里从没皱过一次眉头。我打量他的驾驶舱，里面摆放着盆栽，还有一个宠物玩具，还有和家人在一起拍的全家福，驾驶舱很干净很整洁像是在家里一样，长期的工作肯定是有压力的，他可以把工作过得像是在生活，很是让人尊敬。"

我坐在教室里的凳子上，看着讲台上讲故事的她，心想：司机是他的本职工作，我不觉得他做好自己的本职工作应该值得大肆褒奖，而他对于工作的态度，可以在工作中保持乐趣，能有一个不抱怨的心态，确实挺让人艳羡的。

"第三个故事是在台湾逛街，想去买一些水果吃，见到一个水果摊上人很多我们凑了过去，等排队到我们的时候后面已经没多少人了，老板拿出他珍藏的杨梅汁，告诉我们草莓蘸着它吃有一种别番的味道，我试了一下确实有一种别番滋味，我对那老板说'人多的时候你怎么不拿出来，要不然你肯定能赚更多的钱了！'那老板对我说了一句让我记忆犹新的话：'钱外面是圆的，里面是方的，我害怕自己掉到钱眼里出不来。'"

这三个故事其实也没有多大的意义，只是告诉我们要学会幸福而已！

"其实这个世界没有你们想象的那么美好，世界怎么样和你没多大关系，而你若是能改变得善良一点点，你眼里的世界就会变得美好很多。"她把哲理放到了最后才讲，真想当场鼓掌，可是当时教室里所有同学都在安安静静地听她讲故事。

"我每次从学校的足球场边路过都会闻到一股刺鼻味，前两天过去时我发现这种味道减弱了很多，我还以为是我们的同学素质变高了很是高兴，后来发现根本原因是在足球场的角落里挂着一个牌子：在此处什么什么者，我就不多说了，你们应该都见过这种牌子吧！"底下的同学们瞬间都心领神会，"所以说，以恶制恶比道德捆绑有效多了，我仔细思量深层原因，可能是因为自己给自己贴了'恶'的标签，也给社会画上了'恶'的标识，以至于觉得别人和自己一样，自己和别人一样，直到更大的'恶'来触碰你的底线，你才能为了防止自己接触而去约束自己。其实这是一种很可笑的心理，我们应该时刻用善意提醒自己，而并非是用恶意来对恶意进行抵触。"

我看着她在讲台上侃侃而谈，心想她说的真有道理。

"我小时候体育特别差，每次考试都想着如何达标，有一段时间接我女儿放学，我有些喜欢运动了，我运动的方式很简单，就是走路，我手机上下载了一个运动检测量的APP，这一年时间里我走了三千多公里，每天早上6点起床运动一个小时，回到山上跑几圈，然后再回学校上课，在一年前这是一件很难想象的事情，有些事情看不到曙光，你还是会坚持下去，这就是你值得珍惜的爱好，若是这种爱好你坚持可以看到一些些曙光，真的会是一件很幸福的事情，它会导致你养成一个习惯。所以，大家一定要给自己一个机会。"

嗯嗯，有些事情坚持不难，难的是不能心甘情愿。

　　班会开了不到一个小时，她从亲身经历来给我们讲述了这些故事，其实她一直在讲述让我们在迷茫的时候如何去寻找自己对未来的切入点，不知道其他同学有没有对她的这些"说教"有印象，我真的记下了她这番苦口婆心的教导，也从内心觉得庆幸可以遇到这样的好老师。

Chapter 31　听歌

　　从上大学开始我就喜欢听歌，电脑和手机里的歌单一模一样，听到好听的曲调会特意从各个渠道去了解歌名。

　　歌单里的每首歌都单曲循环过不下一百遍，曲风不尽相同。

　　歌单第一首是《枫林残忆》，这首歌被我单曲循环了不下一千遍，每次准备写些文字时会先单曲循环五六遍再动笔，它可以让我的心情瞬间变得安静。

　　歌单里第二首歌是《菁华浮梦》，天蓝色与黑色交织的呓语，古风词结合慢曲调，歌曲带来的视觉冲击是经历之后却已失去的怀念，追逐琴音弥漫的江湖却错过了她。羁绊、洒脱、无可奈何，在心情不好时我会听它用来疗伤。

　　歌单里的每首歌都有它的用途，我的各种心情听着歌曲都会回忆得到。填的一些表格时常会出现特长这一栏，我写着音乐，随即划掉，写上听歌。

听歌应该也算是特长吧！

在初中时就很喜欢听歌，我向爸妈提出想买 MP3，当时爸妈对电子产品不感兴趣，他们宁愿花一千多给我报一些补习班也不同意给我买这些他们看起来没一点用的东西，于是在我高一时得知同桌有MP3 之后屁颠屁颠地跟在他身后，采取各种方式去巴结他，争取能让我听一个小时的时间。

想起当时真是可爱，为了一个小小的 MP3 就出卖了自己。上了大学之后我开始在任何场所耳朵里都塞着耳塞，听着歌曲做自己喜欢做的事情。

我赋予我单曲循环的每一首歌一段自己的经历，听着这首歌我会想起这段经历，有些以前觉得很恐惧的经历听歌时也会时常被自己翻出来，伤口见多了逐渐就觉得习以为常了。不是因为我变得悲观了，而是变得越来越强大。

听到《你已不在》我会想起爸爸和妈妈的一些往事，想着自己应该去接纳去释怀去学会爱。听到《想起》会记起初中的时光，会记起当时自己的懵懂，会记起给我唱这首歌的同桌。听到《海角七号》会记起高中的时光，记起每天早上 6 点大家都拿着洗脸盆蹲在地下洗脸。听到《爱情专属权》会记起高中毕业的那个暑假，那个暑假每天都会单曲循环这首歌。

把经历安放在歌里感觉真好，有些人只会出现在你生命里一段时间，接下来会消逝得无影无踪，不曾联系，偶尔想起，至少还有一些他们存在的痕迹。

会忘记，会想起。

看着窗外，总觉得窗子外比窗子里面更漂亮。在窗子里能看到窗外阳光的明媚，能想象得到窗外阳光的温暖，却感觉不到窗外阳光的刺眼，从外面世界来的人告诉你窗外的阳光很灼热，你固执地以为他在骗你。

每个人都有不同的选择，你可以为了体验明媚而背负灼伤皮肤的代价，只要你愿意就好。可是我们只想去体验童话描绘的世界，对追求美好要背负的代价都没那么心甘情愿。

嗯，我们都不曾心甘情愿，只是期待世界温柔对待。窗子外的人说你天真，准备跳出窗子的人说你没勇气，你却以为窗外的人世俗，跳窗子的人叛逆。

世界哪有你想象的那么好。不是世界不好，而是童话里的世界太过假意的美好。世界若是真的那么美好，我们都会变得更加骄纵。

听着歌，心系过去，眼望未来，拥抱自己，继续开始新的每一天。

Chapter 32　对白

青春是一场寂寞的欢颜，我记不起我忘记了谁，忘记了那些对白。

天空的味道一如那些年我追求的自由，年少的落寞终究一点点地丢弃，似乎什么都没有了，我们不是不够长大，不是不够成熟，而是不够勇敢，然后用小心情羁绊着，画地为牢。笑着说再见，然后赋予自己心情一点点的落寞，和小孩子一样。

格子式的阳光定格在窗台拂过的明媚里，找不到的故事淹没在心情沉默的角落里，幼稚，抑或是成熟，在自己的故事里，都是一场微不足道的对白。

小时光有着小时光的忧郁，在那些年的成长里，似乎忧郁一直是幼稚的代言词。青春，是一场寂寞的欢颜，该看见的看不见，该想念的缓缓想念。电话越来越安静，联系的人越来越少，年华终究是乱了的，心情终究也安静不了。抑或是，我们没有勇气来面对那些年华陌生了的欢颜。

错落在季节之外，一帘花事，惹得半帘月洒；留恋着孤单徘徊，半帘月洒，拂地青春错落在时间之外，竟，惹得莫名其妙的眷念……

故事扰乱的浮生苏醒，淡蓝忧伤轻触记忆的媚惑，你一低头，厌倦了烟雨红尘，落寞的背影，孤单了你，萧条了我，转身，千回百转。回眸之间，荒芜了亘古不变，六道轮回，转出爱情的始末旋转。

可惜，最后的最后，我们还是没有爱情。

初中的时候学过的《葬花吟》，因为她喜欢这首《葬花吟》自己曾经背了好久终于背会了，语文早读背给她听，听着听着她哭了。

现在的自己只是安静地想念着她的背影。

忧伤是糖，甜甜的味道惹得青春都改变了模样。

14岁的自己，骨子里刻着傲气的忧伤，犹如站在海边看不见深海的模样一样。

为什么会想到用深海来比喻呢？

你从没有见过隔壁吵架摔东西时我抱着妹妹安安静静地从家里走出来，然后和妹妹一起去公园，带妹妹散步哄妹妹开心，佯装快乐的笑容，也从没有见过我被老师罚到外面站着时一副倔强里带着傲气的眼神，还没有见过我爸爸喝醉酒时妈妈离开家的时候不小心流泪的样子。

张爱玲说：如果你认识从前的我，也许会原谅现在的我。

溺在深海，是心疼吗？

有时候如果太注意呼吸的频率的话呼吸会慢慢地急促，甚至会慢慢地窒息。

成长会显得很疼，温柔是止痛剂。

也许如果你认识从前的我，就会理解我现在为什么会对幸福如此珍视了。

时光翻至三年前的夏天，那时我 17 岁生日马上就到了，高三也快结束了。

我和她都高三，今天学校举办运动会，安静的时光漫延在夏季最深情的海面上，视觉里的褶皱感有一种类似于自由的错觉，我想知道，这片海里有没有我期待中唯美的故事。

唯美而不悲伤的故事。

盛夏的运动会马上召开。操场是学校花了很多经费建的，操场上空露天，观众台上空是一大片长方形的建筑物，准确地来说是长方体，不过在自己的视角里看起来是长方形。

有什么关系呢，反正它就是一块挡住阳光的东西。

我没有报名运动会，所以拿着一本书在操场看着。

是《百年孤独》。

旁边的嘈杂声让我几度皱了皱眉，几位同班同学讨论着某道几何题用什么解法，争论了快一个小时还没得到结果。

好吵哦，我合上书，用书碰了碰旁边姑娘的胳膊，"嗨，有笔吗？"

"嗯？哦，有。"她害羞地拿出了笔和纸。

我顺着眼前的纸张眼神看过去，礼貌地说了声谢谢。过了大概五分钟又再次打断了正在参与讨论的她，"给，你的笔和纸。"

"不用还了，送给你。"她的表情愈加害羞起来。

"哦，这是你们讨论的题的解法，别再说话了，影响我看书。"

　　我没注意看她是什么表情，班主任走过来的时候我正在看着看不懂的书走神，凌乱的思绪窜荡在脑海里挥之不去。妈妈和妹妹不在家总感觉心里空荡荡的，爸爸大多时间都是去喝酒，每次回家都要自己做饭，然后小跑着去学校抓紧时间学习。

　　"康育川，苏薇刚才跑 800 米的时候晕倒了，你快过去把她送到校医室。"班主任拿着准备交给校广播站的稿子急急忙忙地走过来给我交代。

　　我听见她晕倒的消息把书一扔就冲了出去，没有看到跑道上是否有人，我横冲直撞把一位正在跑 3000 米的同学撞倒在跑道上。

　　"对不起。"我把她扶起来，发现她被蹭破了的膝盖在流血。

　　"没关系，"她大方地笑了笑，"送我去校医室吧！"

　　"我……"犹豫了一下，我背着她去了校医室。

　　疼到窒息的感觉，就算是几秒钟也觉得像是一个世纪般漫长。她在病床上躺着，看见我背着那个女孩从校医室进来。

　　前些天她把高三的日记本寄给我，蓝色天使羽翼的封面，我打开那个笔记本。

　　字迹娟秀，翻至一页我似乎一下溺在了旧时光里，整个人都沉在一种莫名的情绪里。

　　"被时光拉长了的温暖的阳光，床单上我的影子上映着温柔的悲伤，他背别人时眼神里掩盖不住的宠溺，把这些放到同一个空间里多像是一场闹剧。

　　"他从门口看过来。"

　　"我的眼眶红了起来。"

"冬天下着雪的天空我们堆雪人，雨天我们打着伞一起去上学，周末一起到对方家里玩，我被欺负时你总是保护我照顾我，我们一起走过了好多好多年，我已经习惯你对我的好，却突然发现你好的对象如今不是我。"

温暖而清浅的桃花不知道什么时候早就已经凋谢了，不经意间好多东西都不存在了，看到她的日记我又想起这件事。

当时为什么先送那个女孩去校医室呢？

或许，苏薇，我把你当做另一个自己，所以在保护你与保护她之间选择保护她。

毕竟，在我在乎的所有人的排位里，我一直把自己放在倒数第一的位置。

有些想念她，给她电话打过去，她说她在自习室里准备考研。

挂掉电话，张开双臂拥抱了一下这夏天，时光依然温暖，我们也都在不经意间长大了。

青春，是一个年华惹乱了时光的美丽的意外。很久很久的后来，我才明白那些微微疼痛的青春，含着很多很多人对自己的期待，而当初自己的不懂事，以至于好多人的离开。

季节暖暖，时光错乱，季末渲染的笑颜，衬着月洒落的流离，流转几许孤单。夏天多变的天空下雨了，一直喜欢下雨天，可以在教室里静坐窗前，雨后湿发缱绻，细数月下秋叶划破夏天的伤痕，记忆散漫，安之若素，却始终被过去的斑痕羁绊，十分夏伤，三分流连，七分依然。

流年里阳光散落，晕开记忆里你的笑颜，流言末梢，灼伤了几多年间的信誓旦旦。叶落弥漫，落叶蔓延，薄凉了无名指间萦绕地暖暖的喜欢。

莫名的想念，却又感觉记不起你的容貌，流年沉在夏天想要告别的思绪里，时光对自己骄纵，把我染成了我期待的模样。

Chapter 33　泛白的射手座

和同学讨论高考，他表达了对高考制度的不屑，我说："纵使高考的考试制度有着千般不好，我也感谢它让我明白学习是一件回报率极高的事情。"

高考就像是在周围漆黑时只有家长和老师描述的那一束光，经历过黑暗之后到一个明亮的空间里，却不知道自己应该到哪里去。

高中时代会出现一种人，他们喜欢逃课、不服管教、成绩差，还有着各种各样的坏习惯，身边的朋友都会说千万别和那种人走得太近。

高中的帮派里除了好学生和差学生，还有一种学生叫做坏学生。她是一个女孩，也是别人说的那种坏学生。我对叛逆与抗拒没那么仇视，在一次偶然的机会我们熟知并成为朋友。

"我爱过一个混蛋。"

高二时语文老师布置了写自己心目中最纯真的感情的作文，她的整篇作文就这么几个字。

语文老师气得恨不得把眼珠子都瞪出来，手里拎着一支破笔戳着南宫梨的作文本，"你就是这样写作文的？你高考作文这样写是想得零分吗？你是在拿你的前途开玩笑吗？"

她无所谓地站在老师面前，漠视的眼神看不出一点点知错就改的态度。她向我说这件事的时候手舞足蹈地似乎在讲述别人的事情一样，"你都不知道当时那老师生气的样子，他当时气急败坏的表情我真想用手机拍下来，你知道他最搞笑的一句话是什么吗？"

"什么啊？"我掏出纸巾把楼道的栏杆擦干净坐了上去。

"他问我，'你是在拿你的前途开玩笑吗？'前途本就是用来开玩笑的，那老师不知道怎么想到这句话的，笑死我了。"她笑着笑着眼角溢出了眼泪。

"你哭了。"我抬起手准备拭去她眼角的眼泪。

她娇笑着躲开，"才没有，只是笑得眼睛疼了。"

那时的我还不懂得怎样去安慰别人，也傻呵呵地和她一起笑着，嘲笑着别人异样的眼光，也在心里嘲笑着自己的无知。

那天回家之后我地回到自己的卧室，拧开台灯。

黑夜里蓦地满满的都是光线，习惯了黑暗有着不想睁开眼睛的感觉。

我打开课本准备复习，可是脑海里一直闪现着她说"前途本来就是用来开玩笑"这句话时的表情。看着课本上依旧不熟悉的化学符号我心想：其实，最后，我们终究都要变得对未来负责。在此之前，我们都必须要为年少轻狂买单，正是如此，我们最终都成为让人疼惜的少年。

　　口上说着不在乎，其实真的很在乎。那些年成绩差是一件让人很是悲伤的事情，而在高中时代，我们都伪装着自己无所谓。

　　甚至在大学时代也是，很多人都不再那么努力，只能去怀念高三时的自己那般努力的模样。在这些伪装之后，我们逐渐找到了堕落的借口，就像是一只蝴蝶终于破蛹成蝶，还未去万千世界享受美好就又回到了蛹里。

　　其实在高中经历那种所谓的"坏"未必是一件很坏的事情，它可以提前让你感受到堕落的桎梏，从而向往美好的光线。

　　同乡有一个年长我三四岁的发小，初中时喝酒打架逃学，老师家长都把他当做反面教材，他最终去了重点高中的重点班。

　　高中时他屡教不改，考大学时马失前蹄考到外省的一个很普通的二本学校。

　　今年他大四，签了一份很不错的工作，我恭喜他："看来初中和高中锻炼的你社交能力不错啊，能签到这么好的工作。"

　　"怎么可能是因为交流能力，上大学之后我努力学习，自学经济学科目，每天背英语，真是因为高中时浪费了太多的时间，所以在大学才学得那么吃力。"

　　每份光鲜亮丽的背后都有着无数的汗水滋润，其实我们眼中的世界过于美好，我们眼中的自己太差，对别人艳羡时往往会忽略自己脚下的路。

　　学习是一件很有回报率的事情，只要努力就有收获，所以我才会把学习当做唯一的生活信条。

　　只要努力，一切皆有可能。

Chapter 34　兰州这座城

醒来的时候是下午 6 点，黄昏的光线洒到床上，难得的安静。

冬天的黄昏和夏天的黄昏不太一样，空气散布着冷气，和模糊的光线有些背离。校园顶层的天空凛冽得没有很是孤傲，周围都是高楼大厦，盯得久了会忘记自己是在看天空还是在看楼层。

要走出校园到学校外坐公交会经过一个长长的巷子，下雨天路上会有积水，路特别泥泞，水果摊一年四季都在巷子两边存在着，路上遍布着甜香的水果味，十字路口一群老爷爷在一块空旷地下棋或是打牌，旁边有一个报刊的摊子，我去坐公交时会顺手买一份报纸，公交空气过于闷热很少看手里的报纸，眼光扫着窗外的行人，看他们匆匆走路时的表情，看他们的衣着和手里拎着的东西，妄自猜测他们的故事。

自从我在大学里学会辨别东南西北之后经常会坐在公交上去看看

这座城市，沿着黄河而建的兰州有着自己独特的魅力。对水有着好感的我经常到黄河边去玩，捡一些好看的石子，像小孩子一样玩玩水，指尖触摸水面能感受到她特殊的质感，羊皮筏子在远处载着游客，中央的水流湍急，黄河边的水很安静。

黄河是一条温柔的河流。

黄河养育的兰州是一个慢节奏的城市。晚间啤酒摊上形形色色的人在此聚集，烤一些烧烤，各自的故事投映在这个空间里会衬得空间发亮。

旁边坐着两个小姑娘，笑得不知所以，恣意地吃着烧烤喝着啤酒毫不理会周围人的眼光。我听着眼前的他讲述自己在大学里的迷茫，想要发表自己的态度却未说出口，我想做一个倾听者。

前些天在兰州的街道上散发传单，传单上写着我作为一个倾听者期待能听别人讲述他们自己的故事，一位三十多岁的姐姐参与到这场活动里。

她是兰州本地人，我把她约到兰州一家德克士店里。她在我对面坐下，未讲述故事，她先开玩笑缓解我的局促。

"你们怎么都可以一眼看穿我的紧张？"我问她。

"因为你还是小孩子啊。"她半笑，毫不矜持却很有气质。

熟络后她和我谈了她的家庭，说了她所受的教育，说了她的大学爱情史和年少时做的荒唐事。我和她谈了我的大学，说了我年少时不懂事的一些往事，也大肆渲染了我的梦想。

第一次在陌生人面前毫不掩饰自己的野心，因为我不怕她不理解，也不怕她理解。

"兰州这个城市挺好的，你以后离开了有时间就来看看，顺道也来看看我。"临行前她对我说。

嗯，它不是一个可以让人一见钟情的城市，但它是一个让人日久生情的故乡。

初次到这座城是爸爸陪我一起来的，我看着车从车道行驶而过，周围越来越荒芜，我期待到兰州时越来越繁华，车缓缓行驶，旧旧的高楼，窄窄的车道，我的心也随之缓缓沉入谷底。

"什么破地方啊，和会宁一样穷。"我向老爸抱怨着，本来以为走出家乡会大开眼界，没想到甘肃省会居然和家乡差不多。

爸爸用很严厉的眼神看着我说："穷怎么了？穷又不是一种耻辱，你可以选择努力学习将来让它变富裕。"

爸爸这句话我至今还会时常记起，贫穷不是一种耻辱，它是现实，也是动力。

的确，这个名为甘肃省会却可能不如东南二线城市的城它的确没那么富裕，它可以包容贫穷，和周围城市一样贫瘠，它若是有一天会富裕，肯定会融泽四方。

兰州是我的第二故乡，它是一座很好的城市。

Chapter 35　保持一个看客的愚昧

读书是一种正在消亡的习惯。

微博等摄取的碎片化知识构不成思维框架，朋友圈看见心灵鸡汤点个赞意味着对自己有所触动，时隔一小时后又恢复到当初审阅之前的心情，于是每天八成的时间用来迷茫与自责，两成的时间用来原谅自己。循环一年、两年、三年、四年，哦，毕业了。

其实很多书里描写的生活情境距离自己好远，我坚信我爱这个世界，但是我也会去拒绝它，诚如我一直带着批判性的思维看待书籍。"生活中好多人表达了许多生活哲理，可是这些和你没什么关系。你所能做的是去学习，去经历，自己提炼并总结属于你的态度。"我时常这样告诫自己。

无知不可怕，我们还年轻，只要有心一定可以堵上无知的黑洞，而可怕的是用无知的怀疑来提升自己的身价。

　　一边是杳无音讯的怀疑，一边是刚愎自用的坚持，我在之间游弋，选择。我不反对别人用浅显的知识去交流自己对高深理论的认知，我要求自己在态度不鲜明之前闭嘴。

　　每个人都有自己的生活态度，我要去尊重它。

　　"人生若只如初见，何事秋风悲画扇。"多年前在学习纳兰词时老师说这句诗很经典，我不以为然，在这句诗旁边写了一句"平而无味"。待到阅读量稍微耐看时理解了词中的诸多味道，了解了其出处、背景，随即明白了自己的无知与浅薄。

　　在此之后的我在很长的一段时间里在想我读书是不是为了向朋友炫耀，或是偶尔吐出几句别人闻所未闻的话来佐证自己的优秀。想了无数个理由为自己开脱，比如"这只是我读书的附加价值，不能剥夺自己模仿的能力"，或是"读书与习惯是浑然天成的，让别人知道自己读过书又不是坏事"，我费尽心思地给自己贴上褒义的标签，可是在年华的侵蚀里这些借口都随之风化，后来我承认了这个事实："我那时读书只是为了让别人的思想从自己口里说出来。"

　　有些释然，更多的是觉得可惜。我只是在模仿，缺少了思考的环节，"学习课程，把一种语言或一篇纲要牢记于心，重复得好，模仿得出色——这是一种可笑的教育模式，他的每项工作都是一种信仰行为，即默认老师不可能犯错误。这种教育的唯一结果，就是贬低自己，让我们变得无能。"朱勒·西蒙先生如是说。

　　我反对把一切结果的起因都归结于教育模式，因为执行模式的是人，活生生的人，命运里总是有漏网之鱼，模式体制之下也有幸存者。生活的精彩来自于我们对其的抗拒与接纳，而在这种无能归因的背后，我们总归是要去突破的。

就好比在读书时会发现很多自己的同类人，我们会发现自己自认为的优秀在时间轮里微不足道，而自己似乎就是写书人笔下那些平庸之致的人中的一员，于是叛逆、反驳、撕裂，最终归结为无知。

我们还年少，没勇气承认自己的愚昧。

他们头顶是星辰，我们四周是荒漠。我们选择性地看见了别人的闪耀，看不到他们的历经沧桑。其实，我们都在同一个环境里，都是如此平凡，得不到的依然想得到，已失去的也是想追回。

很多句子的模式是只有 X 这一个坐标，比如很多人在减肥之前告诉自己"要么瘦，要么死"，好像不死就可以变瘦一样；再好比"要么折戟沉沙，要么绝代风华"，似乎只要心存希望就真的可以舞动天下。初中学了平面几何没有学会二维思考，眼光一直局限于一个方向；高中学了三年的空间几何还是没学会三维思考，高考作文背诵名言警句往上生搬硬套；大学接触了社会的多元之后依然二维思考，就像是活在代码里除了 1 就是 0。工作之后发现：世界和我想象的不一样，这个世界怎么会如此污浊？

在从小学到大学接收的模仿型教育角度来论证，在高强度的模拟型过程里，我们可能会产生逃离的念头，这种念头甚至会涉及对读书这件事的敌视，在模仿型教育的模式下接受知识的学生可能会丧失独立的思考性。学习与模仿是两个截然不同的过程，我们一直忽略了这个问题，一旦提及总是把原因归结于体制，摆出一副自己无能为力的模样。

见到过诸多这样说话的模式：在书中怎样，在生活中怎样，或是我们本应该怎样，但是在生活中应该怎样。大人们时常用这样的模式来向我们反馈他们所理解的多维社会，以至于我们觉得他们过的生活是一种很神奇的生活。比如爸爸和某个叔叔交谈甚欢，待交谈罢他会转过头告诉你说刚才和自己说话的人是一个笑面虎。

他们过得好累哦！

多维空间里设定了很多轴，我们不喜欢的方向我们有权利逃离，我们期待的方向可以努力靠近。

回归到读书本身。它是一件很有乐趣的事情，你可以不同意作者的观点，但是请不要一句"呵呵"之后转身就走，就像当年的我，看似潇洒，实是无知。你可以模仿它，但是请保持自己独立的思考。你可以接纳它，请在接纳它的同时慢慢地学会接纳生活。

在这个不知道方向的年龄里，多读书一定没有错。

即使没有读书的习惯，在这个价值观只是依稀形成轮廓的年龄，请保持一个看客的愚昧与谦卑。

Chapter 36　藏在沙砾里的幸福

::

阿苟同学问我："你有没有什么害怕的事情？"

本来觉得这个命题显得像小学生写作文一样不想回答的，当然我这么说并不是歧视小学生，毕竟我小学没有跳级，我只是觉得这句话本身是毫无意义的假命题。我沉思片刻之后竟想不到自己害怕什么，或者说在未逃避的范围里没有找到自己害怕的事物，思考了许久还是没有得到答案，忽然觉得这个问题显得严重起来。

后来又仔细考量了好久，得出如下结论：我不怕孤单，不怕十年磨剑，不怕很多人不认可，我害怕自己不幸福。

我告诉她这个答案之后她用鄙视的眼神看了我一样，当时没看懂她为什么用那种眼神看我。后来把当时回答她的话写在纸上，发现前面好多夸自己的铺垫句。

嗯，我是一个随时随地都可以找到理由夸自己的人。

就像是我经常在和朋友喝酒前说我爸酒量好，我妈酒量好。

"嗯？然后？"

"我得到了他们的真传。"我贱兮兮地如此回答，随后我就被他们灌醉在酒桌上。

这个故事告诉我们，在夸自己时不要顺带着夸别人。嗯，我的总结能力真棒。

认真地考虑让我觉得幸福的事儿，大脑显得一片空白。也许是我把幸福的标准定义成一帆风顺，因此每一个感动的瞬间都不曾定格。细细舔舐伤口，把自己的经历一一翻阅，一个个被记录的瞬间跃然纸上。

我堂哥在假期来我家里看望我爸爸，他对我家里的事很熟悉，把我悄悄叫到家门口拍拍我的肩膀说："没事，一切都会越来越好的。"感同身受携带着理解的温暖，心里暖暖的觉得蛮幸福的。

和妈妈一起逛超市看中一件衣服，价格过于昂贵于是几番犹豫，回到家之后发现那件衣服放在家里的沙发上。细节包裹着感动似是细沙一般流淌在心田，那时觉得有人疼爱蛮幸福的。

和她一起吃饭时生活费花得所剩无几，让她请客又觉得很窘迫。准备买单时老板娘告诉我她已经付过钱了，她在一旁脸上闪烁着不知所以的表情。不曾把她当做别人，她却如此照料我的心情，这种心有灵犀的感觉蛮幸福的。

姐姐邀我去给她家小公子去补习功课，在高考前的两个月一遇到假期就回到家乡给他补课，得知他高考分数不错的那个瞬间感觉蛮幸福的。

他说他考试没通过，我告诉他我有考前的突击资料。言罢立马坐车给他送过去，穿着件单薄的衬衣在校门口等他，虽然他一句感谢的话也没有说，看着他投来眼神的那个瞬间我感觉蛮幸福的。

偶尔翻阅曾经记录的片段，忽而觉得记录本身就是一件很幸福的事情。它让我可以有机会把玩碎屑的青春，而不至于在不自知的青春里继续迷茫。

幸福是一件件琐事的堆砌，若是让我重新阐述我害怕的事情，我会说："我害怕自己忘了为何而出发，以至于在征服未来的路上忘记了去追求幸福。"

在这沙砾一般的故事里，用一颗充满爱的眼睛学会去寻找幸福，这是我这么多年学到最有用的生活方式。

Chapter 37　最美人间四月天

青春的路上跌跌撞撞，在她们的鼓励下，我一直相信前方会有曙光。

认识韵红姐很偶然，那时我有"中二病"，满脑子都觉得自己在文字的方向有着极大的天赋，不厌其烦地找各个杂志去投稿，投出去的稿件却一直杳无音讯。于是在网络上找各种机会期待认可，在这样的心情之下我遇见了韵红姐。

"秋韵红"是她的笔名，她很温暖，像大姐姐一样，偶尔也会严厉地说教，像是长辈一般。

大一时，我瞄准于各个青春杂志，每写一篇文字都会去投递出去，那时对自己自视甚高，没人理会就觉得自己怀才不遇。

每一次遇见都是一种注定，17 岁的我满身都是戾气，却在从小表面乖乖的性格的压制下把这戾气隐藏起来，一个人是把这些对世界的敌视翻出来，孤独感席卷着青春的每个角落。

她说我干净、温润、善良，性格儒雅不失幽默，谦虚不失自信。其实哪有，17 岁的我想让整个世界都对我瞩目，来向爸妈证明我足够优秀。

14 岁时我的座右铭是"我要不优越的自信，更要不自信的谦恭"，座右铭至今没变，而在十七岁时成长的方向自己难以把握，幸好有她的存在。

我一直觉得她身上罩满了光环：作家协会成员，写了一本很优秀的书，短篇小说多次获奖。她从来没拿这些光环炫耀过，有一天我偶尔百度了一下她的资料，才得知在我面前温润如玉的大姐姐原来有着这么辉煌的经历，看着她处世的姿态，我逐渐反思自己的心态，觉得应该放低自己的身姿。

她是我 17 岁时的榜样，我从未和她说起过，感谢上天让我遇见她，让我埋下了去认知自己的种子。

在寻找梦想的路上被很多现实冲撞，我是有多么幸运才会遇见她。

在她面前一直感觉自己像是一个小孩子，我不知道自己还可以孩子气地笑多久，也不知道是不是在文字里翱翔就真的不会迷失方向，只是觉得在路上有她在一旁鼓励，就会觉得非常安心。

遇到韵红姐之后我依然还有着很严重的"文艺病"，认为自己只要用心写就可以到达天下第一的境界。

想起那时真是天真得可爱，阅读的书上想写笔记只是沿袭作者的思路，写出的东西一股矫情味，我拿着这样的文章让韵红姐姐看，随即她夸我文笔很好，很灵秀的文字，只是别走伤感文学的路子。

　　当时我还不懂她为什么提醒我别走伤感文学的路子，单纯的以为或许她不懂我们的青春吧。

　　现在看以前的自己才明白她的良苦用心，文笔界限太窄，而且少年时代成长大于收获，成长才是青春的唯一方向，她期待我能健康地成长。

　　我大一时开始写一部长篇小说，用了我三年的时间才写了五万字不到，大二时去咨询韵红姐姐的意见，她说写得太过精致会把心思花在遣词造句上而忽略故事情节，很客观的评价。

　　时常会请教她关于文笔、关于文字的问题，她说的话很是家常，家常到感觉是我妈妈在和我唠叨一般，也是在她这般提醒鼓励之下，我逐渐学会接纳自己，逐渐开始接纳这个世界。

　　青春的路上有长辈陪你说说话，鼓励一下你，显得青春都格外地安然明媚。

　　谢谢你，遇见你真幸福。

Chapter 38　只因你不曾努力

曾有同学给我讲了一件事：有一个同学大学挂了好多科，英语四级没有通过，计算机二级没有通过，重修的十几门课也没有通过，却找到了一个很好的工作。起先以为大学混日子也可以找到优异的工作，后来得知背后的根本原因是他家境不错。于是这位同学归纳出一个结论：生活是不公平的。

1万小时法则告诉我们每个人只有在某个领域学习研究1万小时才可以达到专家的水平，即需要花费十年时间。

很多努力的同学在专业方向学习了四年才拿到接触一个行业的机会，而很多同学每学期学习的时间大约是考前两周，四年大概是十六周，大约是四个月左右。别人学习了四年才踏入到一个行业拿到一份也不算高的薪酬，而很多人学习了四个月就想踏入到这个行业，若让你心如所愿对其他努力的人公平吗？

其实很多情况下我们之所以抱怨不公平，是因为不公平的有利延展方向没有靠近我们自己；若是自己偶尔捡到未被拾漏的便宜时就会悄悄地闭嘴，闷声发大财。

在回家的车上认识了一位大叔，他去过四十多个国家，看过三千本书。我当时很惊讶地问他怎么可能可以看那么多的书，他说他看书时一页只用五秒就可以读完。我以为他是吹牛的，随即问他"刚愎自用"的出处。

"出自《左传》和《尚书》。"他信口说来。

对他佩服得五体投地，回家我也用他所用的方法看起书来，一周之后我看了十几本书，想要回忆却发现什么也记不起。

我又回到了自己读书的模式，每四天看一本书认认真真地做笔记。每个人都活在井中，要先从井中爬出来才可以去跑，不然只是原地踏步罢了。

我坚信拿自己的生活去和别人的生活比较是毫无可比性的，生活不是一次性的博弈，尤其是在少年时代，思维框架还未完全构成，生活经验趋近于零，和别人比较生活毫无意义。

昔日寒山问拾得曰："世间谤我、欺我、辱我、笑我、轻我、贱我、恶我、骗我、如何处治乎？"拾得云："只是忍他、让他、由他、避他、耐他、敬他、不要理他、再待几年你且看他。"

努力是一个动词，它需要坚韧的心态，执着的力度，执拗的性格。我们在努力时时常先感动自己，紧接着给自己放假犒劳自己，或是在一个小圈子里觉得自己足够努力，而这种努力上不得台面。

在我那份不成熟的调查问卷里有一个问题关于是否当过差学生的

经历，统计出结果发现 96.8% 的同学都有着当过差学生的经历。实在是好奇他们对差学生的定义，我做了另外一个调研。

这个调研归纳的结果是 95% 的同学认为的差学生是：学习成绩没有让家长或是老师满意，或是较为淘气有写过检讨书的经历。

我一直以为差学生是学生给学生的定义，没想到实质是学生在父母或是老师中的地位。在成长过程中成年人把年少归结为无知，这是我们失去自己独立判断甚至对自己产生怀疑的根本原因。

在对自己怀疑的过程里我们用自己的形式去努力着。这种努力的方向在初始已经被拟定了，准确地说应该是在大学选专业的时刻已经定好了自己的选择方向。

调研主题里又问道："如果你专业成绩较差，你愿不愿意花费大量的时间去读课外书？"我以为这个问题大家都会选择愿意，结果让我大跌眼镜：79% 的同学选择了不愿意。

或许是对努力的方向的执着，或许是因为九零后天生叛逆，我去探寻他们对专业的热爱度，结果如下：

71% 的同学不喜欢所选专业，这 71% 中由于父母压力而选专业的有 63%。由此可以看出拟定方向的决定权大部分在父母手里，因为担心其在高中毕业时长期在学校而对社会环境没有自己清晰的认知，所以父母根据社会环境的大趋势帮孩子做决定，所做的决定孩子们大多都不认同。

其实也还好，我英语不好父母没帮我报英语专业已经是谢天谢地了。生活总会给你其他的转机，而在此之前你要学会努力。

四月天，兰州这座城已是春意盎然。

喜欢一座城，大抵是因为这座城有着我深爱的姑娘以及我无处安放的青春。说起无处安放这个词，略微有些矫情的意味，三年前的这个时刻，我正在教室里看着空白的试卷忐忑地规划着我的未来。

面对无知的未来，或许很多人和我一样佯装着不害怕，每个人都有着心底不愿意承认的恐惧。那年教室的窗很干净，班主任真诚地给我们很多鼓励。教室后面墙上有一个梦想栏，在毕业前我撕掉了以前写的梦想，重新在上面写着这样的话：期待有一天我成为这样的人，不畏过去，不惧未来，珍惜现在。

表象越浮华，内容越空洞。期待不需要付出任何代价，所以评判生活过于容易，尤其是评判别人的生活。18岁生日那天，我告诉自己：不要尝试着改变别人的思维，因为这是一个成年人的世界。

的确，这个世界属于成年人，所以我们需要比很多努力的人更努力，比更努力的人还要努力。成长道路上有太多诱人的东西去干扰你的行为，比如成功，比如金钱，比如认可，比如证明。很多人都活在证明自己的旅途里，这样做或许没错，在向世界证明自己的时光里，亲爱的少年，不要忘记当初的梦想。

为得始终，不忘初心。这个世界有太多东西过于浮华，成长和经验才是我们唯一的目的。

走在十字路口，方向与选择显得无比重要。少年们没有经验，抗拒说教，如此年纪怎样才会选择一条正确的路呢？

过来人告诉我：多读书。历史或许是茶余饭后的谈资，经济学或许离我们太遥远，科技更加遥不可及，政治空洞无可触及，地理旅游根本用不着经纬度，所以很多人说：读书无用。我想说，亲爱的少年，或许微博上你可以摄取很多的信息，书本上的知识或许过于枯燥或许对于未来真的没那么多用处，可是它至少有一条好处：书籍可以系统地培养你的思维，可以让你更清楚地认知事物，可以让你更好地理解生活，这就足够了。

成功没有偶然。很多成功学传播者告诉我们成功有很多教条，有勇气掌握技巧就可以，尤其是大学生活里没有接触社会的大学生们很容易相信这样的话，因为忙碌的人没时间来抱怨，抱怨的人大多是不努力或是没那么努力的人，所以我们接触的社会满满的都是负能量。思维与成功浑然天成，读的书足够多，经历的事足够多，你的能力与思维也就愈加强，成功是与经验与思维与经历相伴的东西，不必刻意地去追逐。

努力读书，努力学习，努力打破选择的桎梏，从而开始学会自己选择。

Chapter 39　意见领袖

涉及得失，总有一种姿态劝解自己和自己和解。在遗忘中我们开始另一场苦行，而在这无知的懵懂里，我们遵循天意。

不存在什么无谓的征兆，一切事情都有缘由。

我认识的人不多，认识的最多的人有一个统一的称谓：同学。在学生时代很羡慕那种可以任何人聊得很嗨的人，主动接近这项技能是少数人具备的特殊必杀技，而很明显的是这个接触世界的外挂凭我攒的零花钱暂时还买不起。

于是我思索着是不是可以自学这项技能。我不止一次地在大人面前急切我表达我自己的意见，或是用刻薄的语言去反驳其他人的观点，想要来以此论证自己真的很优秀。

然而现实和我想象的不太一样，"期待认可"变成了"急功近利"，"好好努力"被诠释成"玩物丧志"。现实生活是一种背离我想象的生活，在你没有多少能力之前，尽量少发表言论。

我是一个喜欢没事瞎折腾的少年，即使被说"小聪明"数次依然越挫越勇。和一叔叔下象棋，连赢数盘，爸爸把我拉出去低声说："你这孩子，他是你叔叔，让着点。"

"嗯，行。"我答应着。回去之后又连赢数盘，直至那位叔叔脸色渐变。

在爸爸和妈妈无数次的说教之后我总结了一个金科玉律：凡事先口头答应遵循他们的意愿，至于是否落实到行动再待商榷。

遵循着这个金科玉律，我顶着一顶好孩子的帽子好多年，后来才知道原来这种态度有一个词汇完美地诠释了它：表里不一。

第一次别人用这个词汇来形容自己时乍一听还以为别人是在夸我有内涵，我想那时肯定是对自己的颜值没有多大的自信，以至于我以为表里不一是夸人的话好多年。高三时必须得认真学语文了，被迫接触到更多的成语，那时才知道这个词是一个贬义词。

天呐，让我自恋了那么多年的词居然是一个贬义词！

从此之后，我遵循着表里如一的原则：想法凌驾于态度之上。

这种尖锐的态度伴随着我的这个青春的沙场，没有血刃满城，伤口却泛着血红色偶尔隐隐作痛。

成长真好，不是得到就是摔倒，如此决绝。正是如此，陪伴在身边的人越来越少，磨炼中的自己越来越像一颗沙砾，遇见的人会越来越多。在这个过程里，那些磨炼我青春的人已然不知去向，除了怀念，还可以翻出来偶尔祭奠一下。哦，是纪念。

尖锐的态度必然伴随着对自己的决绝。就像是在各个领域有一个新晋之秀：意见领袖。我不排斥有人指引我们去成长，我拒绝有人替代我们去思考。

"意见领袖"这个词出现已久，而在国内兴起的时间并不久，在九零后逐渐领导这个世界时出现了这样一个词，想想都觉得让人恐惧。从整个时代对年轻一代的怀疑到逐渐认可，再从逐渐认可到大肆褒奖的这个过程里，其实并没有改变多少，用"叛逆的一代"来描述九零后，态度逐渐转换成我们认可你，我们夸奖你，但是你们没有自己独立的思考。

幸运的是我们还年轻，完全可以靠着时间的堆砌来成就自己，也有足够的可能去改变别人的评判。成功的模式若是从由认知自己而努力，转换成在行业内靠着资历而高就，想来也不是什么值得炫耀的事情。

其实除了代替思考之外，我更不喜欢用思考来绑架行动。

高中的时候喜欢老师布置作文，高一的老师喜欢我的作文风格，每一次我的作文都是范文，我也越来越喜欢写作文了。后来，高二了，换了一个语文老师，我的作文风格老师不喜欢，每次都是不及格的分数，于是，我慢慢地不喜欢语文了。

平常喜欢在论坛里玩文章，每发一个帖子时刻刷新等待着赞美的回帖，看见赞美之词时自作谦逊，看见敷衍之词自当无视，于是，虚荣的心慢慢地扩散到整个心脏。

两个故事，两种心情。

没有一种姿态是完美无缺的，在反对另一种生活态度之余，终究一叶障目忽略了很多的东西。

生活里慢慢出现了很多拯救者，他们自诩清高，自诩掌握了生活所有的规律。在生活里，他们是完全的另类。

很多的书里表现了很"好"的生活态度，比如随遇而安等，中国人管这个叫：中庸之道。于是出现很多明哲保身的中庸之人，马路上老人跌倒装作无视，万一被敲诈了怎么办？下坡路上的雪没人扫，我又不驾车出去。

再后来出现了另一批拯救者，他们高举着民族文化危亡的旗帜，打着"我们要拯救民族拯救文化"的口号，这个完全违背了中庸之道，大部分人开始语言攻击，网上随处可见。

不可否认的是，大部分人还是很爱国的，《丑陋的中国人》这本书未待发行就被封杀，后来架不住自诩拯救者的很多人的压力终于发行，在中国掀起了一股文化舆论的风。

有一个外国人说中国插队现象很严重，横过马路的现象也很严重，于是，国人在心里鄙视那些让中国丢人的人，他们终于在行动上"站"起来了。

这些拯救者是国家强盛抑或是一个团体强盛必不可缺少的一股力量。

他们心灵清高，行为清高，思想清高，连导致人们行为越来越规矩的力量都具有，的确是一个团体中一股最顶级的力量。

他们的表现不止如此，他们会讽刺那些做得不好的人，让其感受他们自己思想的腐朽，他们会拯救这个世界抑或是这个团体，以其作为自己的使命，他们会在人们不去扶跌倒的老人的时候会谴责会让你们心里觉得愧疚。

出现了太多的拯救者，自诩正义的拯救者。团体的振兴指日可待，蒸蒸日上的情况已经出现。

可是，在这种美好的背后，践行者哪里去了？

我讨厌一种人，他们似乎对什么都有着方法论，面对每一件事态度都泾渭分明。

很不幸，我自己就是这种人。

每天晚上看着窗外意兴阑珊，没有人和自己对话，只能尝试着自己和自己交谈，渐渐和自己熟络之后，看着镜中的自己时第一个生厌的人就是自己。

不过还好，我放弃了妥协，摒弃了期待认可的少年心绪，可是我没有选择让别人替我思考。我努力地学习自己去对世界进行思考，尽管这种思考微不足道。

Chapter 40　我的母亲大人

　　每年的这个时候会发同样的短信，告诉她母亲节快乐。这样的状态作为子女会感觉略微有些尴尬，其实在电话里亲口说母亲节快乐我会觉得窘迫，因为我从来都没试图去亲口表达自己对她的爱。想来已经有三年未在这个时间去陪伴她，或许这样的状态还会继续好多年。

　　每次想到这件事都会感觉到抑制不住的悲伤。好几次回家她都说自己头发有时会大量脱落，她那么爱美，必是觉得自己真的在慢慢变老。我笑着安慰："没事，以后我会好好照顾你。"

　　这是我的心里话，以后我必然会好好照顾她的。

　　想起小学三年级写作文，那时我的语文差得离谱，作文是我最头疼的事儿，无奈之下只能央求她的帮助。她只有小学学历，也没读过多少书，可是她给我写的那篇作文被老师当做范文在全班同学面前朗读。从老师站在讲台上夸奖我的那个瞬间开始我就特别崇拜她，这种崇拜感一直到现在还在。从此之后我好好地练习写文字，直到今天。

她是我的第一位老师，也是在我成长道路上对我影响最深的人。

初中时老师总是喜欢布置"我的妈妈"之类的作文，大家写的大抵都是凌晨睁开眼妈妈还在给自己织毛衣然后自己眼泪溢了出来之类的话语，其实纵然有千言万语也不想在作文中表达，或许是母爱表现得过于平淡，而那时的自己过于粗心，美好的感觉难以捕捉。想来也觉得好笑，从小学一直到现在写了那么多篇作文去写她，却没有一篇作文表达了我眼里真实的她。

她是一个对未知有些恐惧的人，我从小到大一直这么认为。有一次她和爸爸吵架之后离家出走，一个多月没回家。后来知道她到一座城市找了一家服装超市打工，她的腰椎不太好，打了一个月的零工之后接到爸爸的电话之后才思量要不要回家，因工作时间不到一个月老板没给她发工资。

知道这件事后我彻底推翻了我对她累积了十几年的看法，原来她在沉默之后也会选择决绝，她也会选择不妥协去努力追求。我的骨子里把她的这点性格遗传得淋漓尽致，能妥协时我会选择妥协，触及底线时对自己决绝得似乎把自己当做陌生人一样。想来也觉得心疼，她一直安然地待在那座小县城里，却可以打破对大城市的恐惧去尝试。

我的母亲是一个极其漂亮的人，每次上街时我都想拉着她一起出去，觉得她那么漂亮走在我身边我特别有面子。她也极其爱美，买衣服时会思量好不好看，不过更多的是看衣服上标签的价格，给自己买衣服时我瞧着还不错的衣服她瞄了眼价格，若是超过两百她一定会说这件衣服很难看。而若是给我或是给妹妹买衣服，她只会衡量衣服是不是真的好看。她也询问我们觉得哪一款颜色更适合她，我会选择推荐一些较为浅淡显得年轻的颜色，她总是笑笑，告诉我："那是小女孩穿的颜色，妈妈老咯。"

我对老这个字是极其抗拒的。

我连大学都不曾毕业，第一份工作的薪水都没拿到，连一件衣服都不曾给她买过，她怎么可以老了呢？

五一回家，她说你又瘦了，问我在学校有没有好好照顾自己。我开玩笑说瘦一点好，因为现在的姑娘觉得瘦一点的男孩好看。其实，我已经在努力学习怎样好好地照顾自己了，因为未来我要去好好地照顾她。

拿起电话告诉她今天是母亲节，母亲节快乐。她应和了两句，又问我吃了什么，告诉我天气突然变冷了，你要好好照顾自己。

她一直这么说，我也一直努力地学。对于照顾自己这件事其实我是抵触的，我一直学习怎样放低自己的身段，而在和她交流时我总是在表达我如何的照顾自己，我想应该是我还没学会在她面前说谎，以至于一直让她担心我。我想成为她的骄傲，每天都在想怎样努力地让她觉得骄傲。只是发觉她把很多心思都投注在我身上，有些不知所措，也替她觉得可惜。

想起初中时夏天喜欢穿球鞋，而自此之后再没有穿过她缝的布鞋，前几天突然看见校园里有人穿着布鞋，看起来真的很舒服。

回家翻到以前的照片时，她说还是你以前短发看起来好看。嗯，那时的照片的看起来真蛮清爽的。

想起初中老师说我考不上高中，高中老师说我可能考不上大学，在我成长的路上一直让她悬着心。即使后来我很努力地学习让她的担心付诸东流，却依然感觉亏欠了她很多。

小时候觉得一块钱是很大一笔钱，如果要攒到那笔钱我至少得攒一年。倒不是因为家里过于穷，是因为我没有开口向我爸妈要钱的习惯。

这个习惯一直延续到现在，我一直觉得向最亲的人求助他们会看到自己狼狈不堪的样子，所以即使很狼狈我也会在接到他们的电话时像打了鸡血一样，用很兴奋的语气告诉他们自己过得很好。因此即使遇到了解决不了的问题，我会打开手机通讯录几番犹豫之后放下手机另寻他路。

村上春树先生说："哪里会有人喜欢孤独，不过是不喜欢失望。"

在中考完之后妈妈很担心我有没有被录取，得知我成绩之后她也很忐忑，每年的录取分数线都是在我考的成绩左右徘徊，路上遇见一位高中老师，她拉着我询问那位老师我的成绩进高中学校保险不。

我当年的"玻璃心"对求人这件事很是排斥，那位老师趾高气扬地把玩着他的手机，一副不想回答的模样。我拉着我妈就要走，她把我拽了回来，一个劲儿地向那老师道歉。

我当时觉得她太过低声下气，转头就走，她在后面叫我的名字，我再没理会。

回到家后我妈也再没提起这件事，得知我被择校线录取之后皆大欢喜，这件事就这样搁置在年华的角落里。

高中有一次坐车回老家，国庆假期客流量大，回老家的车都坐满了人，只有路过我老家的长途客车还有位子，妈妈让我坐上车，然后她去一个劲儿地向司机说好话求他让我上车。

"不行，让他滚下去。"人很多，司机有些不耐烦了。

我妈拉着我的手下了车，走了没两步我就哭了。

"哭啥，男子汉大丈夫的。"妈妈劝我。

我不是哭自己被骂，而是看她求别人时别人对她的态度，很是不忍心。

那时突然又记起初中时我把她一个人晾在了街上，别人对她那般她或许不会在意，我那次在大庭广众下拂袖而去真的让她太难过了吧！

大学时犯错误老师让我的家长给她打电话，我怕爸爸打电话又对我大肆说教，想让她打怕她以为我犯了大错误又低声下气地向辅导员说好话求情，我怕她被拒绝丢了面子。

终究还是给她打了电话，我告诉她如果老师说我犯了很严重的错误时你千万不要道歉，挂掉电话也没关系。事实证明我是以小人之心度君子之腹，大学里的老师很是随和，据妈妈说我们老师说话很温柔很礼貌，在妈妈说的那个瞬间我有些感谢我们辅导员了。

想起高中时她并没有给我定下很高的期许，倒是在我买书时从不吝啬。星期天下午我都会到书店里去看一下午课外书，每次都能看五六本，阅读速度自此培养起来。想起这些都觉得有些奇怪，她没读过多少书，却觉得读书很重要，她在读书这件事上一直纵容我，让我即使到大学无人约束却依然保持着对书的亲切感。

去年我妈生日，我给她发短信祝她生日快乐。她夸我说你长大了。

听到她夸奖我的感觉真好。

她活得精致而不雷同，性格温和却敢于面对。若是有着榜样的模板，我想我以后必然最想成为像她那样的人。

Chapter 41　尊重死亡

　　爷爷去世九周年。我们家乡的习俗是把亲人葬在家乡的后山上，建一个大大的坟园。风水论依然盛行，九年后的现在爸爸决定给爷爷迁徙坟墓。

　　和叔叔伯伯们走了一个小时走到后山里，挖了好久之后打开棺材，空气里弥漫着一股让人窒息的味道，喷了些许酒精依然遮不住那种味道。时隔九年再看到我爷爷，他的骨架还在，面容依稀可以辨别，胡子也还没化。

　　本以为我看见他的样子是会害怕的，当时并没有太多的时间去思考自己是不是害怕，只是静静地在一旁看着他的样子。小学时他病重，那天早上去上学时爸爸让我去和爷爷打招呼，我想着自己快要迟到了，急匆匆地走到爷爷床前说了声再见，未曾好好告别。10点多，班主任告诉了我爷爷去世的噩耗。

回到家爸爸哭得很难过，他抱着我哭着说："你爷爷走了。"那时我对死亡还没有自己的理解，那时在我心里死亡只是一个名词，只是觉得看爸爸哭了自己也有些难过。

爷爷的一生都极其俭朴。

爸爸前几天翻起我幼年极其好奇的箱子，里面是爷爷的遗物，箱子里是一些螺丝钉之类的小物件，还有很多本书。

全套的《毛泽东选集》以及《红楼梦》等珍藏本，幼年时我翻了几本，实在看不懂之后就再也没有翻阅过。初三毕业放暑假时把这些书都翻了个遍，忘了当时什么感悟，《葬花吟》之类的文字却背了下来，至今还能记起。

幼年的记忆所剩无几，记忆犹新的是他教我算盘的使用，一套套口诀自己很小时就朗朗上口。

他喜欢坐在院子里晒太阳，我那时喜欢缠着爷爷听他给我讲故事。那时家里还是土坯房，院子里飘着天空中飞来的柳絮，春天复苏的空气裹着初夏的气息。家里很穷，却很幸福。

爷爷对我极其疼爱，我清晰地记得他只打过我两次。

第一次是我和小伙伴一起玩耍，走过他身边时没有向他问好。对于长辈的尊重的态度爷爷很是在意，从爸爸敬重长辈的性格可以看出来。自此之后我有些惧怕他，却养成了尊重长辈的态度。

第二次是因为自己幼年有些淘气，经常惹哭妹妹，有一次爷爷看见我惹哭妹妹时把我揍了一顿。

只是两件平凡的小事。他从不教我复杂的处世哲学，只是教我尊老爱幼这两件事。我敬重如他这样的长辈，也感谢他在我年幼时曾言传身教。

在他病重时爸爸给爷爷每天都买羊肉汤，那时我家里家境不好，羊肉只有小小的几块，我每次都馋嘴忍不住偷偷地吃一点点，之后有一次爷爷看我在旁边，把爸爸给他盛的羊肉推给我吃。

亲情如此无私，感情之所以伟大在于它真挚的流露。直到现在我依然记起当时尽管他病重依然把那碗只有一点点羊肉的羊肉汤给我时他的每一个细微的表情，还能记起他瘦成皮包骨的手，至此我对感情再无怀疑。

我相信人都是善良的，我相信每一份细微的感情都值得认真对待。

我讨厌唯有死亡才可以映衬出生命的可贵之类的心灵鸡汤，我们一生都在寻找生而为人的意义，穷其一生都不曾找到，而在此时站在臆想的制高点去评判死亡是对死亡莫大的不尊重。

与其去评判死亡，倒不如去体验生的意义。

不曾认知死亡，也没有人教我去直面死亡，我只知道在爷爷临终前我没有尊重见爷爷最后一面机会，辜负了对亲情真挚的告别。

生活刻画了喜怒哀乐，我们憧憬诸多滋味，体验彷徨，经历悲伤。告别的仪式纵横在生命的长河里，显得别番高贵。

态度包含着三个维度：接纳，个性，桎梏，也可以诠释成：发展，突破，规则。这三个维度是相辅相成的原则，无可舍弃。包括教育，包括认知，在其中似乎都有所侧重，而成长，似乎不需要这么多的教条。

Chapter 42　他们也被世界改变过

眼力见儿。

他们说你要有眼力见儿，要懂得哪些人你应该放下身段去相处，要懂得妥协一下别那么傲娇，要懂得如何做事才可以脱身事外不用承担责任，要懂得适可而止不用去矫情什么真理，要懂得他们喜欢什么讨厌什么投其所好。

他们用善意的心态或优越感来教我这个世界教会他们的态度，我在想或许他们说的是对的，或许他们也曾被这个世界改变过，然后用他们的善意来绑架我们对这个世界的态度。

他们经历过生活，因此我们无可辩驳。

他们爱我们，所以我们无力辩驳。

尽管如此，尽管我明白他们爱我，我仍然想安静地独处一段时间来明白我生活在一个怎样的世界里，想要弄清楚在这时光里到底发生了什么事。

高考结束完选专业，爸爸一直希望我选择理工科，因为理工科在当时非常热门，就业率很乐观。当我告诉他我要选择商学院时，爸爸的脸色瞬间沉了下来。

我一直未妥协，一直尝试着和他做有效的沟通，在沟通过程中爸爸一直一言不发地用沉默来回应，我不怕他发火，可是我怕他每次用沉默来绑架我对这个世界的态度。他给我出了一道选择题，答案 A 是选择叛逆坚持自己的梦想，答案 B 是牺牲自己的想法认可他的选择以此来回馈他对我多年的养育之恩。

这是一道一眼就可以看出答案的选择题，我毫不犹豫地选择了答案 B。填写志愿的最后一天，我看着我喜欢的专业，犹豫了好久鼠标最终没有点下去。若是他知道我表面答应他背地里忤逆他，他在子女面前就一点面子也没有了。

上大学临行前，我撂下了一句话：这是我最后一次妥协。

关于亲情，年少时不会真正懂得。真正长大之后我才明白他们没有错，他们有权利担心我的未来，他们有权利会觉得年少的我年少无知，他们只是担心我的未来不够明媚而已，他没有错。

他没有错，我呢？我当时为什么不敢选择理工科？我当时真的喜欢商学院吗？

年少的我习惯于在自己的选择前加上梦想两个字，实则是为了逃避。我的物理一直学得很差劲，因为差劲，所以没勇气去选择理工科；因为差劲，所以会给自己找到的另一条路冠之梦想之名，随即坦荡地逃离。

当我找回曾经丢掉的勇气之后再来审视这段岁月时，我发现这个专业确实就业前景很好，我发现爸爸说的是对的，我发现他没勇气去赌我未来可以去自己选择自己的路走得轻轻松松，我发现这个世界没有捷径，我发现这个世界有好多浮躁的杂音。

老师们上课说："这些是重点，把我布置的作业认认真真做一遍考80分没问题。"老师们清楚我们并没有努力，所以上课的重点是给我们讲考点。他们为了我们不挂科，他们没有错。

学长曾告诉我："上大学的目的是为了找一个好工作，找工作的标准是一份好的成绩单，提高成绩最有效的方式是做历年考题，把做题模式和公式背下来就行。"

透过时间轮的缝隙，我清楚地看见他们的做法和目的都没有错，只是他们曾经也被这个世界改变过。

一

19岁的我每天评论一篇一篇地写，小说一篇一篇地练，当我发现好多人写的文字能很棒地表达自己的观点时我又去迫不及待地学习杂文，我用很努力的态度过着我喜欢的生活，很多同学看我如此不务正业之后问我："发表了几篇了？"

抱歉，零篇。那时我谈起这个数字多多少少会有些难以启齿，总是觉得貌似辜负了别人的期待。

19岁的我偶尔也会期待别人的认可，投到杂志社的文字总是杳无音讯。有一天晚上我打开电脑发现自己写的文字快100万字了，我问自己："写这么多文字有什么用？"

有一些目标是用来瞄准的，它或许要努力很久很久才能达到。不过这不重要，重要的是我学会了在和自己对话时接纳自己，这就已经足够了。

选择性的眼光总会筛选出不带善意地态度，在一些环境里安静地成长之后，突然发现自己也可以通过文字获取一些微薄的稿费，发现自己的思维与以前不太一样，发现自己可以善意地看待世界，这时的自己，或许就是我 17 岁最期待的 20 岁自己的模样吧！

成长的路上别人的意见或许会左右你对自己的判断。从满腔热血地想要改变世界，到想要曲线救国改变自己，再演变成做自己就好，最后觉得应该适应环境。

我们一步步地在做减法，最终选择妥协。

就像是在小学时当校长问我们"读书是为了什么"时我们用"为中华之崛起为读书"来回答，到中学时整个社会告诉我们读中学是为了要考一个高中，读高中是为了考大学，读大学是为了找工作，找工作是为了赚钱养家。简言之：读书就是为了可以体面地赚钱。

少年，你还记起你小学时的回答吗？

他们的担心没有错，他们的经验也没错，只是他们也被这个世界改变过。在选择合适的态度之后，我们应该用行动来说明：我们即使没能力改变世界，也不想被这个世界改变。

二

少年的想法和态度之间有时会发生一些冲突，我们在权衡之后总是会和过去的思维决裂，若是很多年之后不再记起，或是余温未尽时还未审视，也许我们就在自己的身上永远也找不到当年的影子了。

"差学生"这个标签从我上大学开始就一直和我如影随形，说起差，对于学生而言无非就是成绩差、难以管教。的确，在这个专业里我不够努力，所以成绩一直很差。

站在旁观者的立场上的确如此，简单的逻辑也可以如此证明：若是不喜欢所学专业，那么你努力地学习说不定会慢慢地喜欢，喜欢之后说不定会慢慢地学好，即使是真的不喜欢那么你使劲地努力说不定真的会学好，学好之后说不定会产生成就感慢慢地喜欢，喜欢之后说不定会逐渐做出成就。总之：你学习不好的原因是因为你不够努力。

逃离未必是正确的选择，即使在上面的逻辑陈述中用五个"说不定"来表述也无可挑剔，因为在很多人认为适应比选择更加可靠，换句话说，很多人觉得适应产生的"说不定"比选择产生的"说不定"要可靠得多。

就像是很多大人所说："生活是不公平的，你要去适应它。"很少有大人告诉自己的孩子："生活是不公平的，你要去改变它。"

就像是很多九零后打着撕裂标签的口号说，"我们不要被同化"，然后随波逐流。就好比一个人逃课时心惊胆战，两个人逃课时心安理得，一群人逃课法不责众。所以"群体"这个词语过于暧昧，很多人合在一起就是乌合之众，在成长时若是你铁了心只想去适应社会或者只想去练习交际能力而忘记读书，你就会逐渐变成乌合之众里的一员。

适应，你或许会逐渐有一副无坚不摧的盔甲；选择，你或许会逐渐形成更好的态度。

关于大学学什么这件事我请教过一些老师与长者，他们给了我如下几个回答：

第一：学习是一辈子的事，个人修为得自己加强。学校只是我们人生路上的一个客栈，他所提供的不可能全面。你见过那个酒店，比家里更舒服自在。

第二："教育的目的"这个短语非常陈腐，教育本没有目的，而是其他事物的目的。教育的"教化"之处，就是养成一种好习惯，以探求新的含义，寻找新的联系，将体验复杂化、广泛化，使其更丰富更持久。教育的目的是无法被预测的，教育除了其自身之外，没有任何目的。

第三：如果是为了实用，你没有必要到大学来接受教育，没必要学习学校所设置的课程，没必要选择某专业并为之沉迷，你在别处学不到的，你在这里照样学不到。所以，忘掉你们曾经信奉的大学教育实用性的说法吧，接受教育的原因其实就是：接受教育比不接受教育好，它可以帮助你培养系统的思维。

第四：与没受过大学教育的人相比，受过教育的人人生阅历会更丰富，当然，这并不是说没接受教育的人人生就有缺失。教育并不是教授具体内容，甚至也不是传授技能，教育是一种思维习惯或可称其为思想状态。他并不是你的附属品，而是与你浑然一体的。

如果想要和过去自己的天真告别，在此之前或许可以先考虑自己期待未来的自己是怎样的。或许有一天你偶尔记起当年的自己，会很开心地告诉自己幸好在当年坦然地做了一回自己。

Chapter 43　小片段

凌晨 2 点，窗外的月光还亮着。

盛夏了，栀子花开了。又过了柳絮纷飞的季节，格子式的阳光定格在窗台拂过的明媚里，找不到的故事淹没在心情沉默的角落里，幼稚抑或是成熟在自己的故事里都是一场微不足道的对白。

疗伤的暖色系调配在明媚的时光里，天空的淡色系掩饰着雨滴落地，蘋花凋落的季节里没有谁知道你的消息，我在海边吹着海风，等待着此间夏季再一次熬成秋季。

白色衬衫，古典蓝色系的外套，微扬起的嘴角，我站在海边的沙滩上，拿起凌乱的素笔勾勒着我青春的记忆。

凉城以北是一片海，也许这片海里也有着一条美人鱼，在未来的某一天会遇见我，接着爱上我。这片海是我记忆里的时光海，沙滩上用碎石摆的心形图案早就找不见了，手机里的旧照片被格式化得一无所有，旧旧的夏天里我站在海边想回忆一些东西时，却发觉我连一件值得寄托的东西都没有，只有一些凌乱的记忆，回溯在吹拂着海面的风里。

——引子

【樱花盛夏】

她说：射手座是最伤人的星座，因为射手座的天职是守护，习惯了的依赖是最伤人的。

樱花树下她说这句话时，凋谢的花瓣飘落在她的头发上，我抬起手准备拭去她发丝上的樱花时，她娇笑着躲开，微妙的心绪漫延在我的左心房。

她是一个在恋爱里理智地置身事外的女子。

【桃花微暖】

这座城市的 7 月没有桃花。

她忘记了我的生日，因为已经到晚上了她都没有送我生日礼物，连一句生日快乐都没有。悄拾起黯然的心绪走进卧室，发现台灯下有一把桃花扇。

暖暖的淡红色系既轻且媚，就像是这小时光一样温暖明媚。

我爱她，我相信她是最爱我的人。

褶皱的目光被时光拉长，我坐在海边的石头上看着海边的天空，淡蓝色的思念意味着我在远方。可惜的是我那么思念她，却在长大后没法一直待在她的身旁。

【雪花乍现】

冬天的黄昏没有夏天那般温暖的阳光。

我并未在江南，可以看见雪花漫天。

我有段时间偏爱淡色系，因为家离学校很近路上走不了几分钟，所以冬天穿着最爱的白色衬衣。流年里的某天和他逛街，冻得瑟瑟发抖。

他脱下他的白色棉衣，很淡然地递给我。

我忘记了我接过穿了还是没有，我只是清楚地记得他脱下衣服时很自然的表情。

在这温暖的时光里，我一直在，他们也一直在。

【时光微寒】

她认识他六年，一起上学，放学一起回家，坐的都是 6 路公交车。

"如果有一天我们不再坐 6 路公交了你会是什么心情呢？"她捻着自己的一缕头发，在手指上缠了几圈。

"会很开心。"他心里是这样想的也是这么回答的。如果有一天能够离开这座城，恢复成那个明媚的自己，有一群兄弟，可以纵情地玩闹，可以没有近在眼前的烦心事，这应该会是一件很开心的事情吧。当然，最重要的是我可以用我最乐观的心态面对你。

她尴尬地笑了笑，没有再开口。其实他没有想到自己理会错了她的意，其实，她的意思是：如果，有一天，你和我不在一起玩不在同一个城市生活，没有再遇见的理由，你会不会想我？

他到站时她找了一个忘记作业是啥的借口也跟着下了车，临行前盯着他的背影看了好久。

"我期待的安慰你终究没有给我。"

夏天的空气灼热而明媚，温暖的气息弥漫着整个空间，我站在树叶落下的某一个空间，没有时光荏苒的温暖抑或是孤单，就是这样看着，看着风吹动盛夏撩动着树叶几片，看着你的背影渐行渐远，就这样，心里的悲伤涌出来，抑制不住的悲伤。

你曾认真地看过夏天的黄昏么？

就是那模糊而带着闷热的黄昏。

视角里会扫描到夕阳的余晖，慢慢地落下，陌生而悲伤。

你可能会说，这种悲伤与我无关。是吧？

对的，有一种悲伤，叫做与你无关。只是，在我心中，与你有关的所有事，都叫做悲伤。

这种感觉就像是模糊的夕阳余晖，我喜欢这种朦胧，却讨厌看见夕阳时骨子里会漫延出的悲伤。

【恰如初见】

她在街道上看着他的背影。

几年前的一个明媚的夏天我看见你因为你爸爸妈妈吵架不想待在家里落寞地走在街道上一样，阳光下的背包，夕阳的光线模糊而温暖，你在街道上走着，看见一个女孩挡住了你的路，轻轻抬头："好巧哦，你也在这儿散步呢？"

的确好巧，我听见你爸爸妈妈吵架然后看见你出来跟了你好久，只是你有心事没有注意到我的存在。

现在呢，亲爱的，现在的你会注意到我的存在吗？

【青春错乱】

班主任踩着上课铃走进教室，她把手里的教科书随意扔在了桌子上，温婉地说："我们这节课开主题班会。"

"这节课我们不谈高考，不谈成绩，只谈未来。你们以后想过什么样的生活呢？"班主任说的时候不经意地看了一眼他。

"考上大学，找份工作，安安静静地生活呗。"他站起来很害羞地笑了说道。

"如果以后你的工作是当清洁工，安安静静地打扫卫生你会介意吗？"

"当然不会，职业无贵贱。"他看着班主任，附带着求饶的眼神。

"哦，是吗？为了鼓励并培养你的雄才大志，咱班下周的区域卫生你一个人包了吧！"

"啊？"当着全班孩子的面，他很无语地坐下了。

"苏薇呢？"班主任看见她望着他走神。

"我想要的很简单，一份阳光沐浴晨曦时触手可及的早餐，以及午后坐在草坪上可以安安静静地靠着他的肩，就这样生活，哪怕只有几天也好。"她眼神望着他说道。

他低下头，偷偷地借着班主任的视角盲区塞上耳机，心想：很多时候，我也曾考虑如此努力会有着一份怎样的未来。

时光温润浅淡，故事简单明媚。

最好，可以活在童话里。

【素笔淡描】

什么是美好？

一扇可以由里往外推开的窗，一只可以写写画画的笔，一张干干净净的纸。

可以在纸上写故事，可以站在窗前看风景，可以把故事折成纸飞机飞向窗外，或许还会遇见一位浅笑嫣然的姑娘。

姑娘拾起纸飞机，打开那一笺信纸，抬头看着窗子里的你，心想他的眼睛真好看。你看着站在大街上伫立发呆的女孩，心想她真是傻得可爱。

Chapter 44　薄草靡靡，眸发垂青

这个故事像是翩翩少年爱上了星星里的一朵花，它悄悄地对星星说着情话，少年眼眸清澈，躺在山谷里的草坪上等待乌云散去看夜空里的星星，携带的白纸搁置在沾了露珠的草丛里，纸上有一支写故事的笔。他闭上眼睛，只需微风就能吹醒。

空间里没有微风，只是掉了一滴雨，或许是一滴眼泪。

天空初晴，少年拿起画笔，看着头顶那片星空，似是漫天星辰都盛开出花来。那一抹柔情，划过眼角，跌到衣衫里。

一

安于现世——微姐总是用这个词"教化"我。

哪有什么安于现世，所有的"安"不过是未曾向时光索要不安的答案而已。我在心底偷偷诽谤，不过只是偷偷而已，自己在年少时做了许久的乖孩子，已经拿捏不准反驳的尺度了。

后来，我做了很多次选择题，这些选择题的答案在岁月的缄默里早就风化得已无对错，而在年少时倔强地傲视之中，我从未放低，因为在当时的理解里放低是一种过错。在青春岁月冗长的前缀之下我未曾被这"安于现世"的知己之恩感化，在故事接近尾声时我抿去了那时不安的笑，却发觉我怎样努力回忆都再也记不清那时在阳光下不安的祷告的味道。

认识微姐那年我 19 岁，在北方的一座城市读大学。

大三至大四的暑假我在爸妈的极力反对下依然孤身一人毅然决然地踏上了去另一座城市的火车去旅游，以往的 19 年我只是在两座城市之间周转，从未离开爸妈的庇护。

对于即将到来的 20 岁，我需要一场盛大的仪式来迎接它。更重要的是我想要那位姑娘和我一起来举办这场盛大的仪式。

走下火车是在早晨 8 点，我踏上这座城市的公交车，窗子里是一群低着头的陌生人，手机的光照把他们脸色映得发青，窗子外是一个陌生的城市。

烧烤摊散着油烟味，黄昏的阳光似是喝了红酒一般睡眼惺忪，路人在染了辣椒油味的摊子里点着一支香烟。我在沾惹了烟火气的俗世里拾起了泛滥的优越感，满怀敬畏，不敢造次。

所有的城市都有一个共性：有钱才可以立足于此。我囊中羞涩，在大学里又没有认真去学习生存的技能，年幼不知如何放下面子去向父母求助。我在这座城市里忐忑地沾惹了一身的世俗味之后，拿着身上唯一的 10 块钱走出了旅社。

二

"大学生?"面前的姑娘一脸诧异, "我们不招暑假工的。而且你一个大学生应聘清洁工职位,大学生混成你这样可真够丢人的。"

我瞧了瞧眼前的姑娘,工作牌上赫然写着"竺微微"三个字,年龄看上去也就20多岁,透着孤芳自赏的神情,眉毛倒挂,长相像极了晚清那些贵妃的画像。我在心底偷偷咒骂她无数次:小爷我要不是如今虎落平阳,怎么会轮得到你对我说教!

在我转身欲走时,她又自顾自地说:"我家里缺一个扫地做饭的,你要不来试试?"

对于当时的我而言,这句话简直是天籁之音。我等她下班,屁颠屁颠地跟在她的身后,沉默着像是一个别有用心的流氓一路尾随她直奔她家,屋子里粉色泛滥,我一脸诧异地望着她。

"爱住不住!"她脸色绯红地瞪了我一眼,把客厅沙发上的维尼熊拎了起来,扔到卧室里。

三

微姐在公司的职位是人力资源总监,坦白地讲以她的年纪做到这个职位我蛮佩服的。她很多次回家时都酒气熏熏的,应该有很多公关局吧!

瞧着她又带着一身酒味回来,我自己臆想了一下,没过多询问。

"认识你这么些天了,还不知道你学什么专业呢?"微姐从冰箱里拿出了两听罐装的啤酒,给我扔过来一罐,五块钱一罐的那种。

"汉语言文学。"我接着她扔过来的啤酒,拉环,开口处冒着白气,恍然间有种朦胧的隔世感。

"作家啊？"最后一个字她把语调拉得特别长，音调尖尖得有些刺耳。

"其实我是一个卖字的，和古代在茶楼里卖艺的说书人差不多，也可以看做现在演艺圈二十二环开外的演员，不过说到底我不如他们，因为我卖字养活不了我自以为高贵的灵魂。"我喝了口啤酒，看着窗外笑了笑。

"什么是高贵的灵魂？"微姐眨巴了一下眼睛，表情像是很多年前初中同学的那种少女好奇心泛滥时的模样。

看见她一副好奇宝宝的模样我禁不住和她开玩笑："高贵的灵魂就是，举个例子，比如你把这罐啤酒已经喝完了，而我只喝了两口，并不是我觉得不好喝，而是它太便宜了。"

微姐脸色沉了下来，默默地走到卧室里关了卧室的门。

我在诗意里苟且，你在风尘里打滚，在你面前，我哪有秀优越感的余地？况且，20多岁的高管，或许没有学富五车，但是每天在书房里待到两点的姑娘，又怎么会体会不到我对诗意浅薄的理解呢？

或许是当局者迷吧！

嗯。自己布局，自己傻笑。

四

从农村到城市在我的视角里没有发觉太鲜明的分界线，一路走走停停，自己本来就没有什么见识。我站在22楼的视角里看着湛蓝的天空，想要很文艺地吟一首诗感慨一下碎屑的经历，无奈学识太浅读书太少，愣了好久也没说出一句有水平的话。也许是对面那座楼的楼层太高了，隔断了我对天空美好的期冀，让我一心徘徊在对大城市的害怕之中，忐忑地思量自己的未来。

我想回家了。

在回家这个温暖的话题里，我汲取了些许温暖的养分，鼓起勇气拨通了兰戴姑娘的电话。

"您好，你拨打的号码是空号……"

也是在夏天，黄昏的光阴泛着一点微弱的亮度，画面在我对故事的期许里再次加工，融汇成一笺温柔。

闹钟响过了，时间还早，夏天的早晨与中午泛着不一样的亮度。前天下午班主任开了一场辩论会，我习惯了冷眼旁观的沾沾自喜，在自己上场时却手足无措。学习成绩一落千丈，也不知是为什么会下落。我一直在抓着迷茫的现实想要把每一件事的起因都了解得通透，抓得太紧了，手磨出血泡来，罢了，放过这该死的现实吧！

窗外的花应该开了好久了。

五

一个月的时间很短，短到用"白云苍狗"都没法去形容。

在这一个月的时间里微姐再也没给我递过五块钱的啤酒，冰箱里的啤酒升级成外国牌子，那牌子我从未见过。晚上书房里的灯依然亮到凌晨两点，实在是太过无聊，我钻到书房里，捧着一本书，沉浸在别人表达的世事里，时不时和微姐探讨一下写作技巧，自己层次太低，聊着聊着就作罢了。

这座城市晚上很美。我喜欢和微姐去那些小摊里点几瓶啤酒，沾惹一下摊贩里的烟火气，和着属于夜晚的寂静，妄自揣测着来小摊里喝酒的别人的故事。

偶尔也会去一下咖啡厅，她请客。我堂而皇之地花着她的钱，想要心安理得，偏偏自尊心时常跳出来作祟。想要有一颗敏感的灵魂，偏偏生了一副敏感的神经。

"我看到了一个熟人，出去见一下哦。"微姐把端着的咖啡放下，急匆匆地出了咖啡厅。

凌晨一点，我一个人灰溜溜地走出了咖啡厅。有种小男孩的委屈跳动在眼眶里，回溯到血液之中，慢慢地朝着心脏跳动的地方回流。

为什么会委屈呢？

可能是在这个陌生的城市里，她是唯一一个我认识的人。

六

"唯一认识不等价于喜欢呀，傻呀你？你当时应该回去拿着包就回来，跟她较什么劲呐？"几年之后我在兰戴的订婚宴上跟兰戴说起这个故事，她当时这么评价。

旁边的几位同学附和着，善意地笑着，我端起酒杯和他们碰了碰，来附和他们所认为的我说的这个很天真也很好笑的玩笑。一饮而尽之后，也没有了再讲下去的兴致。

故事总会被打断，而生活不会。

在深夜回到家里时微姐没有在书房里，她坐在客厅的沙发上，看我回来了把桌上的啤酒递给了我，五块钱的那种。我拉开环打开了酒，坐在沙发上和她对饮，聊天一直到天亮，都在沙发上睡着了。我忘了那晚和她聊了些什么，只记得那晚她也聊得特别尽兴，然后把我的工资提前给我预支了。

我天生对钱有着特殊的好感。

临行那天，微姐又塞给我一些钱，"拿着，就当成做姐姐的给弟弟压岁钱吧！"

看着钱我自然是极想拿着的，薄如蝉翼的自尊却不允许我如此直接地拿着。我当时没有思量要还是不要，而是在思量推托几次再要才最合适。

"我不要。"

"拿着，对钱别太敏感，你有钱才可以安于现世。"微姐一眼就看穿了我的小把戏，搬出安于现世来调侃我。

"我是说我不要你当姐姐，我以后是要来娶你的。"我用半真半假的语调和她表白。

微姐的脸色带着些绯红，牵着我的手把我送到车站。

"我以后真的会来娶你的。"我当时肯定是吃错药了，在微姐转身走的时候我大声在车站喊出了这句话，满站的人的眼神都齐刷刷地看过来。

她没有回头，也没有再走。我拎着行李箱进了车站，不是永别，因此无论是怎样的停顿效果都不会是结局。

七

兰戴的订婚宴上人特别多，我从人群中脱离出来走到门口，点着一支烟。

兰戴也走了出来。

"你怎么出来了，你看那群货都在灌你未婚夫呢。"我瞧着我那些同学一个个在使坏和她未婚夫碰酒。

"听说你曾经找过我？"她没朝我看的方向瞧，反而用一眼认真的模样看着我。

"嗯，在我大三的时候去找过你一次。拨你的号码是空号。"

"没找同学问我号码？"

"忘了找了。"当年的我不喜欢求助，对找别人帮忙这事大脑自动屏蔽。

"哦，那现在呢？"

"现在？现在我结婚了。"

她盯着我的眼睛，想要印证我是不是在骗她，盯了几秒钟就放弃了。"嫂子叫什么名字啊，应该挺漂亮的吧！"

"她叫竺微微，就是刚才给你说的那位姑娘。"

"后来呢，后来你们怎么在一起了？"

"回去之后我看了她书房里摆放的那些书，听了她歌单里存的那些歌，努力去经历世事削去了和人相处时敏感的锋芒，毕业之后我去了她所在的城市，然后就在一起了。"

"更重要的是，我找到了那时她冰箱放的那款外国牌子的啤酒，发现不如五块钱的啤酒好喝。"我在心里偷偷补充。

八

所谓爱情，除却爱，还有点化。

所谓点化，大抵就是在某个没有星星的夜晚你爱上了一朵星星里的花，待到乌云散尽，你听见她对星星说着情话。你拿起画笔，想要摹写她依偎在星星怀抱里姹紫嫣红的娇羞，抬起头，却发觉整个星空都盛开出花来。

Chapter 45　眼眸里的他

我不知将去向何方，但我已在路上。

看到这句话的时候，心莫名地跳动了一下，抬眼，身边男孩的思绪已全然陷入那本《世有桃花》里，他看书的时候很静，不喜欢被打扰，于是，对于阳光的侵蚀也全然不知。这样的他好似明媚却又笼罩着忧伤，因为他从来都是从一个雨天走向另一个雨天的，所以，纵然他偏执地喜欢着慵懒的晴日，却不得不喜欢淅淅沥沥的阴天。我想，他的固执正好诠释着宫崎骏的这句似有若无。

他确实是固执的，但我不知道该怎么解释他的这种固执己见，或许应该说他是一个有主见的人，他有着自己的思维方式，有着自己想要做的事，抵不过世俗却依然行走在自己既定的轨道上，也许这就是他生活的方式，不谙世事。

此间少年，我称呼他为公子。

喜欢他的白色衬衫，胜过好多华丽的霓裳，就好像初次相遇时的脑腆与羞涩冲破着那仅有的惶恐不安。他不是一个随遇而安的人，却能从他清澈的眼眸找寻到温暖的气息。白色让他的温暖无限放大，和清冷持平。我将这种颜色定义为美丽。或许，还有一种颜色可以定义为妖娆，那便是黑色。我见过这种妖冶，只一眼，便已无法自拔。他的黑色 T 恤将他笼罩在一个无人知晓的世界，也许，没有人可以侵入，但却有回眸一笑百媚生的姿态，也许，是情不自禁。

我会说你好，你会微微笑。

我喜欢这句话，就好像所有的情绪全都融化为柔情似水，就好像所有梦想都已开花。或许，遇见就是蓦然回首，那人却在灯火阑珊处的情感。或许，自从相遇，便已画地为牢。

有一段时间他一直在练习斯诺克，瞄中，出击的瞬间，自信已经洋溢在眉间。他教过我这些，就在第二次见面的时候，可是我也是笨得出奇，每次交手，没有任何悬念会被打得落花流水。可是，我仍旧喜欢看他认真的样子，喜欢看他的出奇制胜，好像整个世界都操控在他的手里，没有一点防备的，蹙眉，舒展，扬起嘴角在笑。他的桌球就好像他的棋盘一般，就好像从未有过对手，就好像从未输过一样。我想起一个词，那便是运筹帷幄。

人生若只如初见，何事秋风悲画扇。

他说他喜欢这句话，喜欢那本书，他说他读过好多遍，看过好多遍，每一次都会有不同的意境，每一次都会有不同的心情。我试着走进那本书，读懂他的心境，却还是找不到若如初见让我满意的解释。

或许，你打着伞，他淋着雨，所以心态千差万别。

梦里梦外。

这是三毛写过的一篇文章。我告诉他这篇文章的存在，他却笑言他从不做梦。我想，他必是不适应童话，但也不适合现实。出淤泥而不染，他想要这样，他也是这样做的。三毛通身的气质刚好借给他一种肆无忌惮。

我说我喜欢纳兰，他很诧异，或许是找到了志同道合这个词。当他问我最喜欢纳兰的哪首词时，我愕然，只说是喜欢，从未深究。后来才知道，他才是真正懂得纳兰的人，他说纳兰写过一首词《浣溪沙》：谁念西风独自凉，萧萧黄叶闭疏窗。沉思往事立残阳。被酒莫惊春睡重，赌书消得泼茶香。当时只道是寻常。他说，那个温柔如玉的女子被纳兰放在了心上。于是，我想问他，当繁华落尽，他是否愿意陪我看细水长流。

世界很大，大到所有人都不曾相遇；世界很小，小到彼此可以擦肩而过。

或许一个不小心我们便已相隔一个天涯海角；或许一个不小心我们便已沧海桑田。只是这样的不小心千载难逢。我们没有隔着天涯海角，却也到不了沧海桑田。物是人非事事休，我不愿缅怀过去，也不敢策划未来。能拥有的，只是现在，有你，有我。仅此而已。

想要陪你去远方，却忘了你喜欢独自流浪。

他说毕业后想要去流浪，他说他不想这么早就接轨红尘世事，他说他想要去西藏，想要去好多好多地方。所谓流浪，即一个人的旅行。我说我想要去巴黎，一个和西藏的气场完全不同的地方。所以注定没有人陪伴，只是后来我也喜欢上了如西藏般的地方。不知道是谁装饰了谁的梦，我只是怕猝不及防的，夏天就会变成秋天。

阳光明媚，岁月静好。

不知道是谁说了这样一句话，但我喜欢这样温暖的日子。2014年夏天的一个周末，我们去了黄河边。只是突然兴起，于是便有了诠释这句话最美好的风景。其实，北方人生来就是旱鸭子，所以，我怕水，我怕被翻滚的河水所吞噬，所以，我只是看着，并不靠近。后来，他寻到一块镶嵌在水里的大圆石，找了一个合适的角度坐了下来，阳光照耀在他的脸上，棱角分明。我看的有些恍惚，不知不觉便已坐在了他的旁边。幸好那块石头足以容下两人，幸好我与他坐在了一起。所谓幸好，是让我感觉到了真正的平静，平静而幸福。

他牵了我的手，我说一辈子都这样好不好，他说，好。

只是这个承诺我们都懂，却不愿戳破。岸边有几个光着上身的大叔跳入河水，一瞬又从水中露出头来，也有几个刚从河水中出来的大叔擦拭着上身。他趁我不注意朝我身上撩水，于是我们开始了水中大战，不过这个水中仅仅是指黄河边上不到脚踝处的水。我们狼狈不堪，却又乐得逍遥。他从水中捡了一块绿色的小石头，没有特定的形状，他说送给我当礼物，于是，那块石头被我保存至今。他说改天要带我去那里放风筝，只是，这个改天还没有实现。

就好像2014年的第一秒，他说，看吧，我陪你走过了一生一世。

其实很多时候我都觉得这个世界如此矫情，每一对恋人都在毫无顾忌地炫耀着。我喜欢朝夕相处，却深深厌恶着如胶似漆，我不知道它们的差别到底在哪里，总之我很庆幸没有和他待在一个学校。或许，是习惯了这样的距离，所以，便爱上了思念的气息。矢志不渝。

我喜欢被他拥在怀里，就好像种在心底的向阳花瞬间绽放。是的，我有一个城堡，向阳花种漫天飞舞。是的，它们只需要一个太阳，就能够义无反顾；是的，我听到了他的心跳，如雪花调戏睫毛般轻柔；是的，他就是我想要的那束阳光。

他说，执子之手，与子偕老。

于是，他牵起我的手，在车水马龙之间兜兜转转，最终停在冷饮店门口。是的，那是我们最常去的地方。他说喜欢咖啡，所以，我想要和他一起喝过所有种类。冷饮店里会有煽情的歌曲，他会拉着我的手，十指相扣。

"情人总分分合合，可是我们却越爱越深，认识你，让我的幸福如此悦耳……"

街边响起王力宏这首我们的歌时我刚好打开拨号键，我说，幸好相遇。其实，从遇见到在一起，我们见面的次数屈指可数。可是，即使是这样，我们依然在一起了。他说，我有点喜欢你。于是，之后的我，眉飞色舞。

他说，在一起的时候，很开心。

就如第一次牵手时的羞涩一般，就如第一次拥抱时的慌乱一般，就如第一次说喜欢时的惴惴不安一般。我知道，他想要的就如我想要的一般。

他说，想要一直在一起。

就好像在公交车上的夏日，他伸出手臂替我抵挡从洒水车跑入车窗的水滴一样，就好像冬季被揣在衣兜里的手一样，就好像被他摸乱的碎发一样。我知道，他会护我到永远；我知道，我想要那个永远。

　　遇见是一件很奇妙的事，就如出生在冬季的我遇见出生在夏季的他一样，本不相容，却毫无顾忌地相遇。相遇是一件很特别的事，就如站在台阶上的我找到抬头看向我的他一样，本不相关，却无所顾忌得遇见。

　　亲爱的，想要和你一起走过大街小巷，想要和你一起细数繁星，一起数落夕阳，想要和你一起描绘黎明，想要和你一起等夏天变成冬日。和你一起，便是我一直想要的肆无忌惮。

　　亲爱的，你看流星划过夜空，我们会一直温暖如初。

　　我记得初遇时你的白色衬衫，记得你睫毛下的温柔。

　　就好像在一个猝不及防的夏天，你说，我们接吻吧。

　　至此，万劫不复。

Chapter 46　18 岁的少年

　　一直想在 18 岁生日前做一件很疯狂的事情来纪念曾经的岁月，因为 18 岁之后意味着成年，也意味着长大。我以为过了 18 岁我自然而然地就进入了成年人的世界，于是一直在想着怎样和当年的任性告别。

　　18 岁生日前夕落了一场雨，我准备疯狂地淋一场雨来缅怀青春，走在校园长长的巷子里，却发觉很难再体会少年时淋雨的恣意。

　　18 岁生日过后我也没有多大的变化，和以前一模一样地生活，在之后的岁月里我仔细回想那一年，发现 18 岁生日的意义在于你告诉自己你应该长大了。

　　应该长大了和长大了是两个截然不同的概念，你在 18 岁时经常把他们混为一谈。在看到同学们都疯狂地吸收养分时你会恐慌，告诉自己应该努力了，在给妹妹打电话祝福她生日快乐却发现记错了她的生日时，你告诉自己应该珍惜亲情。

"应该"会营造一种似乎已经做到了的假象，但是我们不能否认它没有意义，在这一个个"应该"里你慢慢懂得了提醒自己，并且学会了证明自己。

18岁那年我自视甚高，以为自己和别人不一样。留着长发，看着周围的同学从不会翻阅的课外书，晚间记录，凌晨偶然也会出去看看星空。其实这样的自负也没什么不好，你会逐渐认知到其实我们都一样，我们都一样地想要证明自己，想要整个世界投递过来关怀的目光，而在这种自负里，年少轻狂成为了一种抗拒，自我认知变成了一种接纳。

我们都从这个过程里走了过来。

一

18岁，我第一次萌发起给自己过生日的念头。

邀了几位好朋友，找了一个酒吧，他们来碰酒时也不会拒绝，一杯一杯地喝着，我们一群人喝了不到两箱酒我就醉了。

第一次喝醉，也想着今天是对年华的一次郑重的告别，不能小家子气。

那时的少年还喜欢穿着白色的T恤，迎着阳光眼眸发亮，时常在小树林里躺着，夏天的晚上会呼叫两三个好朋友一起去草坪上，顺便带上两三罐啤酒，打开啤酒，碰一下易拉罐或是玻璃瓶，相视一笑，整个夏天都朦胧荡漾。

那时的少年依然也还有孤独的习惯，上课时会盯着草稿纸发呆，拿起手机想向家里拨电话却有些害怕，把自己需要解决的一些事写在纸上，却发觉自己无能为力，只能期待时光给故事画上一个句号，你不知道阴天什么时候会过去，但是你一直坚信一切都会好起来的。

那时的少年有些孤傲，没人想靠近，有的人靠近之后只能再次离开。你习惯把悲伤藏在心里，等着青春结束时再当做故事说给别人听，偶尔也会自嘲一下：这些悲伤的事儿怎么还没有过去呀！

那时的少年骨子里很叛逆，你大二时班里来了一位班主任，他让你总结一下班里集体成绩差的原因，你站起来大声说班里总成绩差是因为我们这些差生拉后腿，整个班级的眼光刷刷刷一下都向你看过来，你缓缓低下头，心想："我不觉得差是一件很丢人的事情，只有不努力的人才会被别人嘲笑。"想通之后你又重新抬起头，用自信的笑容去迎接别人像看傻瓜一样的目光。

那时的少年留着长长的头发，在夏天里会显得矫作，直到有一天你觉得长发很是别扭，才自己去剪了一次短发，即使很多人曾告诉过你你发型真难看你也未曾理会，只有自己想做改变时才会强迫自己改变。

这样的个性说好也不好，说坏也不坏，闲下来时你会看看这座城市，想要好好的了解一下这个世界。

二

一个人走在黄河边上，河面荡起微波你不知道是因为风在吹动还是水在流动，你踩在石头上，弯下身体，用脸靠近河面，能感受得到风拂过脸颊，也能感觉到水在流动，虽然最终还是不知道河面荡起微波的原因，你内心却觉得特别开心。

18 岁的你经常会待在宿舍，捧起一本书，也不知道看的书会不会对未来有什么帮助，更不清楚记那么多笔记有何意义，你只是单纯地觉得可以在书里了解到别人的生活状态与思考模式，会帮助你认知自己。

认知自己对于18岁的你是一件会让你觉得必须要做的事情，大概是因为家里时常荡起让你不安的风暴，大概是因为你明白自己内心的空洞与迷茫，大概是你迫不及待地想去让别人认可，因此你觉得首先要自己知道自己是一个怎样的人。

时常审视，你发现曾经自己很懦弱，说服自己必须改变，你发现曾经的自己适应性很差，用各种方式去逼迫你做让曾经的自己不敢尝试的事情。

你也不清楚这样是不是真的有效，一遍一遍地做，归纳，总结，提炼。你认为想要让自己强大到无坚不摧，就必须先去攻克自己的软肋。

笔墨是一只匕首，你拿起它剖开你的心脏，从埋葬的故事里挖掘尘封已久的秘密，腐烂的坏情绪你自己割掉，可是没学过医的你不知道给自己打麻醉剂，好疼哦。

感觉到疼痛的青春才显得真实，没有风雨全是明媚的青春只存在于童话里，王子和公主都喜欢着彼此，让你以为这个世界里适合自己的只有一个人。

其实，这个世界里有很多对的人都适合你，可是有很多经历你只要度过就不想再提及。

三

那年你做家教赚了一些零花钱，给爸爸分了100元，给妈妈分了100元，剩下的过了几天都不知去向了。

18 岁的你以为成功就是被自己认可，被别人接纳。你一直把爸妈当做别人，只把自己当做真正的自己，想来你真有勇气，居然可以在一个人的世界里生活这么久。

孤单成为新的教条，你在年华里的有些地方立下了一座碑，告诉自己此处让自己伤心过，以后慎入。在多年以后碑上的文字被年华风化，你依然还在这里跌倒了一次，又重新把这些话刻了上去。

有些事情心甘情愿，发生之后你纵使想着以后再也不这样了，下次遇见之后依然还是趋之若鹜满心欢喜。

那年的你投稿一次次被拒绝，每一次你都发誓以后坚决不投稿了，每一次的下一次你写完一篇文章之后又会忐忑纠结地去投稿，等待下一个未知，虽然你在投稿时已经猜到了结局，可依然还有着一点点的侥幸。

那年的你插科打诨在别人眼里脸皮特厚，面对每一次失败都可以很坦然地说："没事，一切都会好起来的。"

这是我 18 岁时我堂哥告诉我的一句话，他告诉我一切都会过去的。

守得云开见月明，一切都会过去的，我们都会成长的。

Chapter 47　20 岁的青春

20 岁也没什么了不起。

如果 18 岁的意义是提醒自己应该接纳自己，20 岁的意义在于提醒自己接纳世界。

面对世界的态度很多人都给你说过应该选择去适应世界，这句话本来是很温暖的一句话，却含有太多妥协的意味。

其实适应世界没有错，但是在之前你要去学会抗拒这个世界。

穿越过戈壁的荒漠，走过了十几岁的青春，马上 20 岁了，有欣喜，有期待，也会有恐惧。

不过还好，我终于可以去认知这个世界了。

—

刚上大学时早上 7 点要跑到楼底下去签到，我本以为这只是大一的生活模式，没想到一直持续到大三依然还要去。

三年时间我去签到的次数寥寥无几，我会给自己准备一个签到表，起床是自己的事情，不需要去向别人证明自己起得早或是起得迟。

我一直认为成长就是自己对自己的认知。我用批判的视角去看待所谓的规则，即使每周我的名字都会出现在宿舍楼下的通报栏里，也从没有过以此为耻的感觉。

上课也是一件让我觉得很是烦琐的事情，我可以待在宿舍一整天去看看我想看的书，会在网上搜索一些关于专业的视频，不懂时可以来回揣摩，仔细品味，我一直以为学习应该是一件很自由的事情。

大一时经常有各种各样的会议，这些会议他们用倒三角模型，先用两分钟讲述一下重点，再用两个小时来说废话，最后用一个小时进行总结与拓展。举办方要维护演讲人的面子，很多时候是强制性地让同学参加，这些会议我大学参加过一次之后再也没有去过。

那时的我一个劲地认为成长是自己的事情，和环境一点关系都没有。

忽略了规则的重要性，我很快就为自己的无知背负了代价。

大学时有体育的素质拓展，我和别人一起合作时会觉得局促与紧张，很少和别人合作过，向来是做个人英雄，两个人把篮球背靠背夹住从起点走到终点，我摸不准队友的移动速度，他的指令我从内心有着强烈的不满与抵触，每走一步篮球都会掉下去，最后连累整个宿舍成为了团体倒数第一。

个人主义让我无限的膨胀自大，大一时第一学期高数看了三天考了八十多分，我以为第二学期高数一天时间学习就已经足够了，等到考试时看了一天，第二天考试就挂科了。

二

是什么时候开始抵触规则的呢？

记得初二的家长会上老师让我们写一封信给家长，我在上面写着：我知道你们爱我，但是我也开始逐渐有了自己的想法，我期待你们能给我一些自由，能尊重我的选择。

自由那两个字被我描得特别黑，在那张纸上很亮眼，我以为爸爸回家之后会夸奖我长大了，没想到他回家之后脸色阴沉沉的，说我嫌他们管得太多，对我说如果我觉得自己翅膀硬了就去飞吧。

那是我第一次觉得自由是需要能力来匹配，从此之后在初中我很乖很乖在他们面前再也没有忤逆过，而在心底愈发叛逆起来。

忽略规则最大的坏处就是让我抵触别人的说教，很少用同理心去看待事物的本质。

在18岁那年我不懂得同理心，满眼都死盯着别人的过错，有些过错也许只是微不足道的不小心，而我会在批判性思维之下把它放大到社会人文或是道德的高度，从而在心中真正的摒弃。

老师说："这个世界没那么美好也没什么不好，若是太过美好我们就很难约束自己。"

也许是觉得世界就在我的前方，我一伸手就可以触摸得到，也许是因为自己还没学会接纳自己，才会对世界有着焦躁不安的态度。

在和他冷战或是热战的两年里，我一根根地拔掉了满身的刺，开始学会接纳这个世界的美好。

一不小心就快到20岁了。

　　我对这个年龄有着很多的幻想，20 岁意味着可以经济独立，意味着可以去认知世界，意味着我可以去到全世界去逛逛，意味着我从 20 岁开始就可以承担起我的责任。

　　20 岁，我从过去里看到了曾经的自己对善良有着不屑，从过去里看到了曾经的自己有着太多的小脾气小性格。过去的自己没什么不好，你不接纳过去的自己只会显得你不好。

　　20 岁，天空很明媚，温度很暖，时光很珍贵，我身边的人都很美。

后记

今年，我 20 岁。没有成为十四五岁想象 20 岁的自己那样优秀，却是我 17 岁记忆里自己最喜欢模样。

今年，我大三。喜欢音乐慢慢摇曳心情慢慢安静，喜欢文字流淌在笔尖记忆瞬间变得安静抑或是悲伤，喜欢在夏天里欣赏落花悲伤的视角，也喜欢桃花初开温婉的娇羞。

最喜欢的，也是记忆里最珍视的，依旧是成长里一步一步的脚印，刻在我青春的墓碑上，包括爱情，包括友情，也包括亲情。成长是一次由很痛渐变成美好的转变，它由最初自我证明的过程，慢慢地变成自我接纳的过程。

我叫康育川，三年前，我生活在一座小镇里。

记得我 7 岁时爸爸问我："你以后成为一个怎样的人？"

我告诉他我不知道，他说我周总理小时候就发下了"为中华之崛起而读书"的雄心壮志，他教育我应该也要有理想。

10 岁时老师在课堂上问："你们为什么读书?"

有的同学站起来说："我想要当一个科学家。"有的同学说想要当医生救死扶伤，有的同学说想要当一个宇航员，还未轮到我回答就下课了。

幸好，若是我起来我肯定又会说我不知道我为什么读书了。

12 岁时初一已经快结束了，生日那天爸爸问我："你未来的理想是什么?"

"我想进北大读书。"我认真地说。

爸爸摸着我的头夸我："有志气。"

其实哪有这般雄心壮志，我只是不想再被他教育而已。

我承认当年的他们或许是真的有梦想的，可是我真的没有。我对未来一片未知，不知道未来这个词有什么含义。

我羡慕那些有梦想的人，那些人在我眼里是很优秀的人，可惜一直到高中毕业，我也没什么梦想。

大学里梦想这个词汇被更多次的提及，我依然还没有梦想，目标依稀存在，梦想却是很难说出口。这和大环境难免有些格格不入，他们在一旁大肆谈论梦想，我在一旁安静地听着他们说的那些梦想，心想，他们说得真棒。

"你呢?"他们拿梦想交完心完成社交之后都不约而同地望着我。

"我还不知道哎。"我说实话。

他们用很尴尬的表情看着我，也许是我说了他们想说的话，也许是他们觉得我没有梦想很奇怪。

梦想被贴上了只有优秀的人才拥有的标签，大家都争前恐后地想要去证明自己的优秀。其实哪有那么多人有梦想，更多的是在求索罢了！

亲爱的少年，我期待你能放慢脚步，有着独立的思考，不要用尖锐的态度伤害别人，不要用匆忙的证明伤害自己。有梦想就去追寻，暂时还没梦想就去认真地思考，不要一味地顺从这个世界教你的态度，保持适当的抗拒。

抗拒不是格格不入，也不是让你去表里不一的去表面迎合内心拒绝，它是一种善意的方式，是在温柔接纳的过程里选择适当的拒绝，若是你在意别人的评判，你可以把你接纳的那一面拿给他看。

很多人都说别人的眼光和你没多大关系，真正拥抱过往我们就会发现这句话做起来太难，别人的眼光对自己的行为有着或多或少的影响，我期待我们都能善待自己，对于诋毁不要太过在意。

我 17 岁时眼眸里的世界是灰色的，那些时光我没有在大肆渲染的和别人提及，其实有些事你不必在经历之后大肆诋毁，或是指着它说："我真的真的释怀了！"云淡风轻地把它记录下来，偶尔翻出来晒晒免得发霉，思考一下当年的经历对自己有哪些正面的刺激，有哪些负面的影响，在以后的生活里正面的影响继续保持，负面的心态学会接纳，把它搁置在时光里。

每隔三个月我会做一次盖洛普测试，分析自己性格与态度在这三个月内有无剧烈变化，从经历中去挖掘变化背后的原因去调整之后的生活规划。连续几次对比之后很多值都有了翻天覆地的改变，而回顾值总是高居不下，前瞻值总是踌躇不前。

　　总觉得少年心态里有着对过去的不屑，对未来的不自知。我喜欢归纳过去，从经历中去把握现在，去窥探未来的轨迹趋势。我坚定地认为过去的趋势是现在的趋势，过去的轨迹是将来的轨迹，尤其是对于宿命。

　　过去是现在，也是未来。至少它会影响你的现在，也会改变你的未来。

　　从过去里看到现在的你的影子，应该是青春年华里最幸福的事情，它可以让你感受每一个故事的温度。

　　每一段小心翼翼或是恣意妄为的年华都有着它存在的意义，有的年华会显得时光温柔浅淡，有的时光会显得时光燥热，愿你时刻都活在自己的年纪里。

　　我们都要有勇气和世界对抗，在"自由、爱、规则"这三个维度里我们以爱为底线与延展准则，以认知规则与打破规则为自己的态度，以自由为目标。

　　其实，这三个维度在少年的叛逆心态里很多人都会侧重于规则，认为规则是桎梏，作为少年应该挑战一切规则，其实若真的要有侧重，爱才是我们应该侧重的方向。

　　爱是我们都期待也都想要去追寻的，我们和大人的考虑方向的差异也存在与此。我们想打破规则，他们认为规则也是一种维度，我们想挑战规则，他们认为学会爱才是最重要的。

　　这没有错，我们也没有错，接纳是建立在抗拒的基础上，我们要先怀疑这个世界的美好，才会更好地接纳这个世界的美好。

　　先和世界对抗，再温柔地接纳世界的诸般美好。想起那些年说要进北大读书的梦想其实有一刹那我曾经思考过，随即认为是不可能的。

　　这个世界有太多的不可能，也充满太多的奇迹，说不定真的会峰回路转呢。

　　说不定——这个词汇真是美好，它从不可能中归纳了不可能，命运的注定也会有被个例打破的时候，若是你想证明和别人不一样，请和我来一起征服这一个个的说不定吧！

　　说不定很多年之后，再捧起这本书，我会感谢自己把青春一一记录，也会感谢你的信任，可以一直阅读到最后。

　　谢谢你，少年少女！若是你在这些碎碎念里获取了些接纳的力量，就已经很完美地诠释了我心中文字的意义了。

附录

2012/2/15 晴

心情。

很多年之后我依然很喜欢这两个字。

因为不会刻意思量做的事情是对还是错，一张白纸一样随意地写写画画不用刻意去谱写格局，淡淡的素笔可以描绘一幅想象中落寞到极致的盛夏。

或许还有一个原因是因为心情的谐音是：心晴。和明媚的初盛梨花一样的感觉。

明媚到极致，便逃不脱荒凉。

该怎么来形容自己生活的地方呢？邻家的音箱在震，闹市里人走过来走过去走马观花般地逛着一家家店铺。因为这里离学校很近，周末人会很多，爸爸妈妈都在这里照顾生意，我每到周末都会过来到这儿帮忙。

"哎哟，你家儿子真乖，都知道给家里帮忙体贴爸妈了，看我家那孩子，每到周末都会出去玩，根本就不在家待着，更别提帮忙干活了。"邻家阿姨经常这样在爸爸妈妈面前夸奖我。

爸妈好像很受用这些话，每次听到这些话都会说："哪有，这孩子也就只是比较听话。"谦逊的笑容里总是掩饰不了得意的骄傲。

的确哦，自己顶着乖孩子的头衔，所以会有好多好多的夸奖。可是很多人不知道的是，或许是自尊心悄悄地在作怪，在这里给家里帮忙时只要进来人我的头就会悄悄地低下，因为这里来的大多都是学生，很可能会遇见同班同学。

为什么会低下头呢？也许是因为害羞吧，也或许是因为在这个闹闹的地方让同学知道自己的父母是经营一家小店铺，会感到那么一点点的伤自尊。也可以说是，伤虚荣心。

十六七岁的年纪，每个孩子都有着自己的阴暗面，藏在心里的最深处，再贴上一层漂亮的薄膜。而很久之后揭开薄膜时发现，那躲在黑暗里的小情绪莫名其妙地腐烂了，一点点地扩散，慢慢吞噬着心里所有的地方，压抑不住。就好像是滴一滴墨水到清水里，暗暗的色素慢慢地扩散到整个杯子，色调已不复既清且媚安然如初。

此刻，中午，阳光明媚，时光安然静好。

"哥哥，我这次期中考又考第一。"看见我回到家里的妹妹笑得特别灿烂。

"哦，来让我看看，文娇真聪明。"我看着妹妹快乐的笑容一副暖暖的语调。

奖状在妈妈手里，妈妈拿着妹妹的奖状爱不释手，一直盯着它看，很久没看到妈妈这样笑过了。

很久没看到吗？有多久呢？我莫名地想。

我其实也懂，没有让爸爸妈妈骄傲的成绩，没有一片明媚的未来，爸爸妈妈操心得连微笑都很奢侈。

"我从未让他们骄傲，他们却待我如宝。"我脑海里浮现出这句话，他在心里发誓，最后一次模拟考，我一定会让成绩单的前几行印上我的名字。

台灯，暮色，夜晚，还有书。墙壁上还贴着当年初三写上去的那句话：这扇校门，我一定要骄傲地离开。

很熟悉的安然。

其实，还贴着一副更加熟悉的字，也是我在初中的时候写上去的，只是如今的我莫名地躲避着这句话。在卧室一角贴着：爸爸是英雄中的英雄，妈妈是美人中的美人，时光你别伤害他们。

那时是在爸爸给自己订的语文报纸上看到这句话，我把这句话记下来，写在纸上贴到墙上。

其实，我应该也幸福过吧。当年爸爸很好很积极，每周周末陪完客户之后回到家总是带了好多好吃的，对妈妈也很体贴，回到家之后经常让妈妈休息自己做饭，整个家里都是一种幸福的感觉。只是后来爸爸生意破产之后天天喝酒，每次回家之后都能听到吵架摔东西的声音。

有一段时间我总是徘徊在家门口。

冰冷的家，失去了它的温度，就像是一座牢。

徘徊，就是一场漫漫无期的等待，挣扎不脱，逃避不了，然后就这么静静地等待着未来安然明媚时光蔚蓝成海。

直到有一天，爸爸告诉自己，有一个东西，叫做宿命。

其实，在 17 岁的年纪遇见宿命这个词语是一件很悲伤的事情，没有经历，没有失败，只有对未来满满的期待和抹过指尖的暖暖阳光。

蓦地，有一个人告诉你有一个词，叫做宿命。

而且是最亲爱的人。

什么叫宿命呢？当时我问道。

就是，你逃不脱的生命轨迹。爸爸想了一下，很认真地回答道。

我想起这件事嘴角又骄傲地慢慢扬起弧度。轨迹吗？我的生命如果被暮色吞噬成一片漆黑，还会存在轨迹这个词语吗？一片暗暗的黑色，应该看不到轨迹吧。

小学的美术课上老师教过没有什么颜色掩盖住黑色，也没有什么颜色可以在黑色纸上画出它的色彩。

苍凉到极致，便掩盖不住悲伤。

2012/2/17 晴

教室里。班主任站在讲台上讲解着模拟考的试卷，临下课时把成绩单贴在了教室前排的墙上。

下课时，所有同学一哄而上，抢着跑过去看名次。

我戴上耳机，合上书本，放到桌子里。"育川，你第五名呐。"好朋友××好像害怕别人不知道一样用很高调的语调喊着。

同学们一脸艳羡的表情向我齐刷刷地扫过来。他们只看到那张成绩单上印在第二行的自己的名字，却看不到每天凌晨一点自己房间里亮着的灯光。

我抬起头，微扬起嘴角。高三就这样快结束了。

　　校园广播的音乐沉淀着这最后的一些时光，漫天阳光静静地在时空中流淌，同学们走来走去溅起的灰尘在窗子照射进来格子式阳光的照耀下可以清楚地看见，这些尘埃在阳光的照耀下就像是地理教材上画的宇宙里的行星。

　　"爸爸，地球真的是圆的吗？"我在小学四年级的时候这样问过他。

　　"这个问题木木上初中就明白了，星期天了带你去天文台看看星空。"爸爸合上书桌上的文件，摸了摸我的头，很宠爱地解释。

　　现在只是看见爸爸每天喝酒，喝醉之后与妈妈吵架，我明白这种宠爱的口吻再也听不到了。

　　我坐在教室里盯着一粒飘荡的灰尘，盯着的时间久了眼睛痛痛的。其实，我依然记起曾经很多幸福的事情，回想之后却发现这些幸福现在与我毫无干系。就像，夏天之后的秋天。

　　终不复。

　　天空蓝得通透，我在阳光下细数尘埃。

　　这些灰尘落在阳光里，像极了我的心事沉淀在盛夏里。

　　灰尘弥漫的空气，如果不想难受就不要呼吸。

　　也就是说是不是我只有忘记了呼吸，才可以忘记如此悲伤的夏季？

2013/4/17 晴

　　今天书店里有着我曾暗恋的女孩子，我推开书店门，她看见了我，把手里的《百年孤独》放在书架上，借着书架产生的视角盲区悄悄躲开我，推开书店的门。

　　书店里的墙壁上有一扇很大的镜子。

躲避，推门，出门，整套行云流水一般的动作都在这镜子之内。

我的眼神一直在着镜子之中。

我没有回头，就在镜子里看着她的背影渐行渐远。

物理老师教过入射角等于反射角。我很惊讶地发现自己在镜子里根本感受不到入射角和反射角的存在，倒觉得像是直线一般。只是，这段线段两个端点的距离，感觉就和零到正无穷的距离一样。

走在街道上，这条熟悉的街道曾经走了好多遍。

车来车往，旁边的各种建筑慢慢地都被拉到身后。

我不知道这样走下去，是走向未来还是走往过去，抑或是，走向时空中某个悲伤的空间。

蓦地想起那扇镜子，就像是一面湖泊，投进去一粒石子泛起一圈水波之后又趋于平静。

只是这个被投进去的石子，被安放到某个黑暗的空间里，就那样静静地在这个空间里待着。

再也出不来。

直到我一直走到小区里，远远地看见妹妹站在门口，很无助地站着，我明白爸爸妈妈又在家里吵架。

我走过去，夕阳的光线映射在妹妹的背影上，被拉长的影子投影在自己的脚底下，孤单而漫长。

就像那颗石子，被遗弃到某个空间一样。

都是被遗弃的存在。

我想，其实，我真的很想幸福。

我想拿着第二名的成绩单看一下爸爸妈妈久违的笑颜，想亲自给他们做饭，让他们明白我长大了，想告诉他们我爱他们高中毕业之后有些事情可以帮他们承担，想告诉他们我自己有能力考进那个自己心仪的学府，只是，看见妹妹黄昏下无助的背影，我明白，这些事，只能是想想而已。

"哥，我……"妹妹拭干了脸上的眼泪，"我去上晚自习了。"

"傻丫头，今天星期六，不上晚自习的，读书读傻了你?"我笑着捏了捏妹妹的脸，很自然地推开家门。

"爸爸妈妈我回来了。"我把书包放在桌上，爸爸喝得醉醺醺的，看了我一眼就到卧室睡觉去了。

妈妈抬手按摩了一下红红的眼眶,说："回来啦。"

"跟你说件事,"妈妈含糊着几经犹豫，"妈妈要出去一段时间。"

"和爸爸一起去旅游吗?"我的脸色慢慢缓和了下来。

"他在家给你做饭,不过你妹妹我要带走。"妈妈打扫着地下碎碎的玻璃碴，埋头低声说道。

因为妈妈低下头所以我没有看见妈妈的表情，或许难过，或许有些抱歉，不过这些都已经不重要了。

我的梦里经常会有这样一个场景：我在海里被水草缠住了脚，眼看着涨潮时海水慢慢地升起、淹没，我连声救命都来不及喊就慢慢窒息了。

就像现在一样，我连妈妈抱歉的表情都没看到，就这样打破了我心中最美好的梦境。

最抱歉的是，这碎碎的玻璃碴闪耀着，我连挽留都没法说出口。

"哦。"我拾起书包走进卧室。

窗边放着一盆君子兰，买回来养了六年才开花。我拉开淡蓝色的窗帘，阳光蓦地晒进来照射在眼睛里有些眩晕。过了一会儿，妈妈和妹妹的背影出现在视野里。

仅剩下的一点点的奢望也被打碎了。

我盯着她们的背影一步步消失在自己的视线里。

2012/4/19 小雨

凌晨 4 点。

黑夜的轮廓依稀可见。

我拧开台灯，单曲循环着那首在雨天散步时最喜欢听的《枫林残忆》。

又一次在梦里梦见了妈妈说走就走决绝的背影，梦里的自己哭得很难过，却还是无能为力地看着那背影远离着自己的视线。多么抱歉，我懂得了有些事情不是努力就可以做到，就像是，我和妈妈的悲伤不在同一个空间，她离开时我想挽留她，伸出手时却触不到她的脸，心好疼。

那天，是黄昏时刻的夏天。

褶皱的目光被时光拉长。

妈妈温暖的背影就像那夕阳，读不到抱歉与悲伤。是不是夕阳偏爱着夏天？

2013/5/6 晴

前几天问戴兰成长是一个怎样的姿态。

"自诩无恙，扬眉敛笑。"她回答了我两个很干净的词汇。

她应该是活在童话里的吧，我也喜欢童话，童话里总是说每一个人都会遇到宿命里很爱很爱自己的人，童话里说每个人都会幸福，童话里说每一片天空都会明媚，童话里说了好多好多我的期待，可是，离不开童话，我又怎么可以长大？

翻开日记本，笔墨在纸上印上了 2012 年 4 月 6 日：还有两个月就是高考，成绩单上自己的名字从后往前看一眼就能找到，黑色的墨迹印在淡蓝色的纸张上：在这场高考的玩笑里，×××，我要超越你。

明媚的阳光灼在薄凉的时光里，每一个暖暖午后阳光洒在脸上的时刻，都是一个明媚的开始。

暮色犹如墨滴进水杯里面，浮在水上面的看到的是暮色袭来一片灰灰的天空，沉在水底的人压抑得不想看外面的光线。路灯把天空照得发晕，街角青石被光线刺地泛着淡蓝色的光影，闲暇的时光偷得几分落寞的心境，末了阳光散落的夏懒懒地将夜晚韵落此间。

心情时常不好不坏，想要努力却不知道方向在哪里，我想应该是我对于生活没有自己的认知，才会不自觉得在错误的方向里坚持着。

少年，应该学着好好生活了。

2015/2/9 阴

妹妹回家，他的心情看起来好多了，只是这些天他身体的老毛病又犯了，很担心他，担心子欲养而亲不待。

他的身体越来越差，我上学时时常在电话里嘱咐他按时吃饭也不知道他有没有照做，今天陪他去检查了一下身体，血压比常人高很多。

妹妹这学期就要中考了，有些担心她会不会在考场上出现失误，这个假期里一定要好好督促她！

现在回家去妈妈那里待几天，去爸爸那里待几天，过年这几天不知道要待在哪里，有些纠结，不过还好，这样的情形比以前好多了，至少他们都在这座城，爸爸最近也开心了许多。

未来会越来越好的，一切都会过去的。

嗯，一切悲伤都会匿于勇敢，现于彷徨。

接纳自己，拥抱世界，早点起床，早些睡觉，善意地看待这个世界，少年时代最重要的是态度，而不是结局。

故事都是一样的色彩，世界也是一样的世界，心态变得更加温和，接纳埋藏在心底的戾气，才可以幸福的生活。

2015/5/20 晴

写完这些碎屑的故事，生活又会重新归于看书刷经验值的模式。

看着这些碎屑的曾经，有的故事会觉得温暖，有的故事会觉得遗憾，我以爱的姿态去追寻自由与规则的平衡，在青春年华里终有些许可以纪念的事情。

青春是一个很大的词汇，每个人都对它有着无比清晰的定义，它由故事累积，由你我主宰。

故事有时是一个动词，它的温度会逐渐消失，最终会归于沉寂，记录是一个很美好的习惯，它会让你我了解到自己正在经历怎样的年华，也会诱导你我去了解期待的未来。

我希望你通过这些碎屑的故事，在其中看到你自己。

祝福你，也祝福我自己，可以在之后的时光里走的更加从容淡定，扬眉敛笑。

再见，旧时光，我会把你珍藏在我的记忆里，温柔对待你。

图书在版编目(CIP)数据

青春是下着雨的晴天 / 康育川著.—北京:中国华侨出版社,
2015.10 (2021.4重印)

ISBN 978-7-5113-5728-1

Ⅰ.①青… Ⅱ.①康… Ⅲ.①随笔-作品集-中国-当代
②散文集-中国-当代 Ⅳ.①I267

中国版本图书馆 CIP 数据核字(2015)第247433 号

青春是下着雨的晴天

著　　者 / 康育川

责任编辑 / 文　喆

责任校对 / 高晓华

经　　销 / 新华书店

开　　本 / 670 毫米×960 毫米　1/16　印张/17　字数/250 千字

印　　刷 / 三河市嵩川印刷有限公司

版　　次 / 2016年2月第1版　2021年4月第2次印刷

书　　号 / ISBN 978-7-5113-5728-1

定　　价 / 48.00 元

中国华侨出版社　北京市朝阳区静安里 26 号通成达大厦 3 层　邮编:100028

法律顾问:陈鹰律师事务所

编辑部:(010)64443056　　64443979

发行部:(010)64443051　　传真:(010)64439708

网址:www.oveaschin.com

E-mail:oveaschin@sina.com